Catalogage avant publication de Bibliothèque et Archives nationales du Québec
et Bibliothèque et Archives Canada

Poulin, Andrée, 1960-

    La plus grosse poutine du monde

    (Collection Zèbre)
    Pour les jeunes de 10 à 14 ans.

    ISBN 978-2-89579-567-4

    I. Titre. II. Collection: Collection Zèbre.

PS8581.O837P68 2013      jC843'.54      C2013-940865-7
PS9581.O837P68 2013

Dépôt légal – Bibliothèque et Archives nationales du Québec, 2013
Bibliothèque et Archives Canada, 2013

Réimpression 2015

Direction de collection : Carole Tremblay
Révision : Sophie Sainte-Marie
Conception graphique, couverture et pages intérieures : Kuizin Studio (*kuizin.com*)
Illustrations : Marc Serre et Christine Battuz, Kuizin Studio

© Bayard Canada Livres inc. 2013

Nous reconnaissons l'aide financière du gouvernement du Canada par l'entremise
du Fonds du livre du Canada (FLC) pour des activités de développement de notre entreprise.

**Conseil des Arts**    **Canada Council**
**du Canada**    **for the Arts**

Bayard Canada Livres inc. remercie le Conseil des Arts du Canada du soutien accordé à son programme
d'édition dans le cadre du Programme des subventions globales aux éditeurs.

Cet ouvrage a été publié avec le soutien de la SODEC. Gouvernement du Québec –
Programme de crédit d'impôt pour l'édition de livres – Gestion SODEC.

Bayard Canada Livres
4475, rue Frontenac, Montréal (Québec) H2H 2S2
Téléphone : 514 844-2111 ou 1 866 844-2111
edition@bayardcanada.com
bayardlivres.ca

Imprimé au Canada

Offert en version numérique

» 978-2-89579-914-6
numérique    bayardlivres.ca

# LA PLUS GROSSE POUTINE DU MONDE

Andrée Poulin

À Geneviève Gareau,
qui a donné le goût
de la lecture à tant de jeunes.

Merci à la classe de 5e année
de Mme Viviane Desparois,
de l'école des Belles-Rives,
pour avoir si judicieusement
commenté mon manuscrit.
Merci au Conseil des arts de
l'Ontario pour la bourse d'écriture.

ONTARIO ARTS COUNCIL
CONSEIL DES ARTS DE L'ONTARIO

50 YEARS OF ONTARIO GOVERNMENT SUPPORT OF THE ARTS
50 ANS DE SOUTIEN DU GOUVERNEMENT DE L'ONTARIO AUX ARTS

# LA PLUS GROSSE POUTINE DU MONDE

Andrée Poulin

COLLECTION ZÈBRE

# Vaincre
# le vertige

Ne pas regarder en bas. Ne pas penser à mes mains moites qui glissent sur les barreaux de l'échelle. Bouger un pied à la fois seulement. Essayer de ne pas trembler. Ne pas écouter mon cœur qui se prend pour une balle de tennis en folie. Surtout, surtout, ne pas regarder en bas.

Quand on a les deux pieds au sol, le château d'eau semble haut. Quand on a les deux pieds sur les barreaux de l'échelle qui monte au sommet, on sait que ce réservoir d'eau est VRAIMENT haut. À quarante mètres dans les airs, je me sens petit, peureux, piteux.

Si je tombe de si haut, est-ce que j'aurai le crâne fracassé ? Ça ressemble à quoi, un cerveau écrasé sur le ciment ? D'en bas, Samuel crie :
— Hé, Thomas ! Tu es lent ! Une vraie tortue !

Aujourd'hui, j'ai quatorze ans. Pour avoir un peu d'action le jour de ma fête et parce qu'on trouve déjà l'été long, Sam et moi, on a décidé de grimper en haut du château d'eau. On va se prendre en photo, tout là-haut, puis afficher ça sur nos pages Facebook. Ça va impressionner notre équipe de soccer.

Après dix minutes de montée, me voilà au sommet de la tour. Mes muscles se décrispent un peu. La peur me serre encore la poitrine, mais une bouffée de fierté me gonfle les poumons. J'ai vaincu le vertige! J'ai grimpé jusqu'en haut!

Je jette un rapide coup d'œil en bas. Samuel, à peine plus grand qu'un nain, prend des photos. Je lui fais un petit salut de la main. J'ai l'impression d'être le maître du monde.

# Cinq chandelles vert sapin

Au fond de mon placard, j'ai caché une vieille boîte à souliers sous une pile de vêtements trop petits pour moi. Dans cette boîte, il y a cinq chandelles vert sapin. Avec les années, elles ont perdu un peu de leur éclat. Deux des cinq chandelles portent des traces de sauce brune séchée.

De temps en temps, j'ouvre la boîte et je me dis : « Ses doigts ont touché ces chandelles. » C'est stupide, je sais, mais ça me donne l'impression de me rapprocher d'elle.

Si notre maison prenait feu, les cinq chandelles vert sapin sont les premières choses que je sauverais.

# Une fois
# dans une vie

Je sais que ma mère n'est pas morte. Chaque année, le jour de mon anniversaire, elle m'envoie une lettre. Enfin, pas vraiment une lettre. Une enveloppe. Avec quelques billets de 10 $, sales et fripés. Et toujours les mêmes mots griffonnés sur un bout de papier :

Bonne fête
Thomas
ta mère

Chaque année, depuis neuf ans, je rêve de recevoir une vraie lettre. Avec des nouvelles de ma mère. Savoir où elle vit. Ce qu'elle fait. Je serais même très content de pouvoir lire une phrase banale, dans le genre : « J'espère que tu vas bien. Je pense à toi de temps en temps. »

Chaque fois, j'espère. Chaque fois, je suis déçu. Aujourd'hui, peut-être ? Sait-on jamais ? Les choses pourraient changer... C'est mon année chanceuse. Celle qui n'arrive qu'une fois dans une vie. L'année où on a le même âge que sa date de naissance. Aujourd'hui, 14 juillet, j'ai quatorze ans. Peut-être que ma mère va s'en rendre compte ? Peut-être même qu'elle va m'appeler ?

Une lueur d'espoir s'allume dans mon esprit. Une petite lueur, fragile, tremblotante. J'essaie de ne pas trop y faire attention. Je connais bien la déception, et elle n'a pas bon goût.

# Paralysé par la peur

Ça m'a pris autant de temps pour descendre du château d'eau que pour y monter. Quand je pose enfin les pieds sur la terre ferme, je suis aussi étourdi qu'après un tour dans la Catapulte à la Ronde. Samuel s'avance, main levée, et me frappe la paume.

— Mon arrière-grand-mère de quatre-vingt-quinze ans aurait grimpé plus vite que toi! dit-il.

— On va voir si tu peux faire mieux...

Samuel me remet l'appareil photo et s'élance dans l'échelle. Au début, il grimpe lentement, mais sans hésiter. Rendu au milieu, il s'arrête. Je crie :

— C'est qui, la tortue, maintenant?

Pas de réponse. J'attends. Samuel passe ses bras entre les barreaux de l'échelle. Je crie :

— Bernier! Qu'est-ce que tu fais?

Toujours pas de réponse.

Samuel penche la tête et vomit dans le vide les trois rôties de son déjeuner. Beurk ! Une fois de plus, je crie :
— Descends, Sam. Descends.

Il ne bouge toujours pas. J'attends deux minutes. Je n'ai pas le choix, je vais devoir remonter. Lorsque je le rejoins au milieu de l'échelle, je lui parle calmement :
— Sam, je suis derrière toi. Descends.

Mon ami tremble tellement que j'ai peur qu'il tombe.

Je pose la main sur son pied. Il hurle comme un chiot terrifié :
— Ne me touche pas !

Combien de temps ça dure ? Je ne sais pas. Je lui répète cent fois de descendre. Il ne veut pas que je le touche. Il ne veut pas — ne peut pas — bouger. Il est complètement paralysé par la peur. Je ne réussirai jamais à le convaincre.

Je redescends. Je sors mon cellulaire et j'appelle la mère de Sam. Heureusement, il est tôt et elle n'est pas encore partie au boulot. Malgré mon baragouinage paniqué, Léa Bernier reste calme :

— J'arrive.

# Le vide-brutal-qui-fait-mal

Samuel a peur du vide sous lui. Je comprends ça. Moi aussi, je déteste le vide. Bien des gens pensent que, le vide, c'est juste un trou ou une absence. Faux. Pour moi, le vide, c'est une brûlure. Un manque tellement douloureux qu'il me tord les boyaux. Ce vide-brutal-qui-fait-mal, je le traîne depuis des années. La plupart du temps, je réussis à l'étouffer. Mais certains jours, il revient me hanter.

# La prise
# de l'ours

La mère de Samuel arrive dans l'allée qui mène au château d'eau en faisant crisser ses pneus et voler le gravier. Elle sort de sa voiture en courant et se précipite vers l'échelle. Parvenue à la hauteur de Sam, Léa pose la main sur la cheville de son fils. Ils restent là-haut, perchés sur l'échelle, à mi-chemin entre ciel et terre, pendant plusieurs minutes. Plusieurs LONGUES minutes. Je n'entends pas ce que Léa dit à Sam. Elle doit avoir trouvé les mots pour le rassurer, car ils se mettent enfin à descendre, à vitesse d'escargot.

Lorsqu'il touche le sol, Sam tremble de partout. Sa mère le serre dans ses bras. Une vraie prise de l'ours! Si mon ami n'est pas mort de peur dans son échelle, il risque maintenant de mourir étouffé. Le visage inondé de larmes, Léa répète sans cesse les mêmes mots :
— Mon bébé! Mon bébé!

J'hésite entre le soulagement et la rage. Soulagement de voir Samuel sain et sauf sur le plancher des vaches. Rage de n'avoir personne dans ma vie pour me faire la prise de l'ours. Le vide-brutal-qui-fait-mal revient me tordre les boyaux.

# Les arbres aiment-ils le gâteau au chocolat?

Après toute l'action et les émotions survenues au château d'eau, la maison me paraît tristement silencieuse. D'habitude, le désordre et la poussière ne me dérangent pas, mais, aujourd'hui, tout ça me déprime.

Je passe l'avant-midi à tourner autour du téléphone. Il ne sonne pas. Le facteur laisse deux factures dans la boîte aux lettres. Rien pour moi. Ça ne m'étonne pas. L'enveloppe que ma mère envoie pour mon anniversaire arrive dans la boîte aux lettres, mais n'est jamais livrée par le facteur. Pas de timbre ni de tampon de la poste sur l'enveloppe.

En après-midi, mon père rentre de la boulangerie avec un gâteau triple chocolat. D'habitude, dès son retour du boulot, il se précipite dans son atelier pour travailler sur son voilier. Mon père consacre tout son temps libre à ce vieux bateau qu'il retape depuis des années. Aujourd'hui, par contre, il me suggère une partie de hockey sur table. Ça m'énerve quand il fait semblant de jouer son rôle de père. Surtout qu'il est mauvais acteur. Mais comme je n'ai pas envie de me chicaner aujourd'hui, j'accepte sa proposition.

On joue sérieusement, sans parler ou rigoler. Mon père rit rarement. Après trois parties plates, j'annonce que j'en ai assez. Mon père n'insiste pas.

Le téléphone ne sonne toujours pas. J'essaie de ne pas penser au ton de la mère de Samuel quand elle lui répétait : « Mon bébé. Mon bébé. » Il y avait tellement d'émotion dans la voix de Léa que ça me fait mal de m'en souvenir.

J'envoie un texto à mon ami pour savoir s'il va mieux.

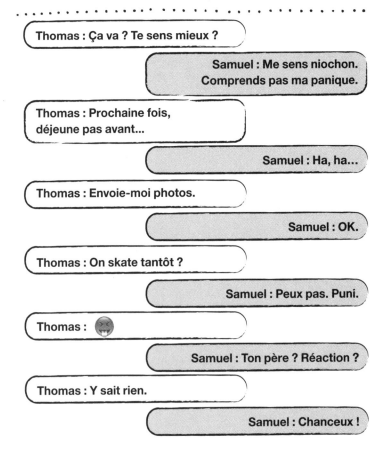

Thomas : Ça va ? Te sens mieux ?

Samuel : Me sens niochon. Comprends pas ma panique.

Thomas : Prochaine fois, déjeune pas avant...

Samuel : Ha, ha...

Thomas : Envoie-moi photos.

Samuel : OK.

Thomas : On skate tantôt ?

Samuel : Peux pas. Puni.

Thomas :

Samuel : Ton père ? Réaction ?

Thomas : Y sait rien.

Samuel : Chanceux !

Pas si chanceux que ça. Qui voudrait d'un père aussi présent qu'un coup de vent? Aussi bavard qu'une borne-fontaine? Aussi amusant qu'un cours de grammaire?

Si mon père apprenait que j'ai grimpé en haut du château d'eau, il ne se donnerait même pas la peine de m'engueuler. Pour sermonner quelqu'un, il faut d'abord s'intéresser à lui.

Pizza congelée pour souper. Mon père zieute son magazine de voile qui traîne sur le coin de la table. Il résiste à l'envie de lire en mangeant. Seulement parce que c'est ma fête. La pizza goûte le carton au pepperoni. Mon père pose le gâteau triple chocolat sur la table. On n'a pas de chandelles. Ça ne change rien, mon père ne chante jamais. Je mange deux énormes morceaux de gâteau. Ça me donne mal au cœur. Bien que j'aie trop mangé, je garde cette impression de vide dans le ventre.

Mon père m'offre un chèque en cadeau. Comme d'habitude. Avec un chèque, pas besoin de se creuser les méninges pour trouver ce qui mo ferait plaisir

D'une voix hésitante, mon père me propose :

— Veux-tu aller voir un film à Granby ?

Il a autant envie d'aller au cinéma que d'avoir une mouffette dans son lit. La dernière fois qu'on est allés voir un film ensemble, il s'est endormi.

— J'ai prévu faire du *skate* avec les gars...

Soulagé, mon père retourne s'enfermer dans son atelier. Je tourne en rond toute la soirée. Le téléphone reste toujours aussi silencieux. J'aurais envie de le lancer contre le mur.

À minuit, mon père sort de son atelier, épaules courbées et pas traînant. On dirait un ours sortant de sa tanière. Il monte se coucher en oubliant de me souhaiter bonne nuit.

Je vérifie la boîte aux lettres une dernière fois. Vide.

OK, je l'avoue. Cette histoire d'année chanceuse, c'est stupide. Avoir quatorze ans le 14 juillet, ça n'apporte pas la chance. Ça donne un gros zéro. J'ai envie de casser de la vaisselle. Je sors dans le jardin et je lance les restes du gâteau contre un tronc d'arbre. Ça ne calme pas ma colère. Je ne sais pas comment me débarrasser de la morsure du vide-brutal-qui-fait-mal.

À deux heures du matin, j'accepte l'inacceptable. Ma mère ne m'appellera pas non plus cette année. On dirait même qu'elle a oublié de m'envoyer son enveloppe habituelle, avec son minable message.

Bye-bye, lueur d'espoir. Je lève les yeux vers les millions d'étoiles qui clignotent dans le ciel. Je voudrais aller les rejoindre. Dans l'espace, on peut hurler : personne ne nous entend.

# Des chandelles dans la poutine

Le jour de mes cinq ans, je n'ai pas eu de gâteau de fête, mais une poutine. Cuisinée par ma mère.

D'abord, elle a pelé les patates. Un sac complet. Tout le temps qu'elle pelait les patates, elle pleurait.
— Maman, ce sont les oignons qui font pleurer.

Elle m'a souri à travers ses larmes.

On est allés acheter du fromage en grains ensemble. Ma mère m'a tenu la main jusqu'à la fromagerie Ladouceur. Sa main était fraîche, malgré la chaleur de juillet.

Au magasin, ma mère m'a expliqué :
— Si les grains de fromage font scouiche-scouiche quand tu les manges, c'est qu'ils sont frais.

De retour à la maison, je l'ai aidée à préparer la sauce brune. Elle a fait frire les patates dans une immense marmite. J'entends encore le grésillement joyeux des frites dans l'huile.

Une fois la poutine prête, ma mère a piqué cinq chandelles dans la montagne de frites. Cinq chandelles vert sapin. Elle a chanté *Bonne fête* tandis que les larmes roulaient sur ses joues. Mon père travaillait, mais son absence m'importait peu.

Ce soir-là, ma mère m'a bordé, puis s'est assise sur le plancher, à côté de mon lit. Ses cheveux sentaient l'huile des frites. Les paupières à demi closes, j'observais son profil en ombre chinoise sur mon mur. Je trouvais étrange qu'elle reste aussi longtemps près de moi, dans le noir. Je ne comprenais pas pourquoi elle pleurait pour la troisième fois ce jour-là.

Le lendemain, à mon réveil, ma mère était partie. Je ne l'ai jamais revue.

# Un clic de souris peut-il changer une vie ?

Un lendemain de fête, ce n'est jamais réjouissant. Surtout quand la fête a été plate à mourir. Lorsque je me lève, mon père est parti depuis longtemps à la boulangerie. Dans la cuisine, ça pue la pizza froide. Les assiettes sales traînent sur la table. Il n'y a plus de lait pour les céréales. Il n'y a plus de beurre pour les rôties. Je claque les portes d'armoires.

Je sors un sac de frites congelées et le vide sur une plaque à biscuits. Pendant que les frites chauffent au four, je prépare une sauce brune en sachet. Puisque je n'ai pas de fromage en grains, je coupe des morceaux de mozzarella et je les dépose sur les frites réchauffées. J'arrose le tout de sauce.

Je sors la boîte à souliers et je pique les cinq chandelles vert sapin dans ma poutine d'anniversaire. Mais je ne les allume pas.

Comme personne n'a chanté pour mon anniversaire hier, aussi bien le faire moi-même. En réalité, je ne chante pas, je crie. Parce que, si je ne crie pas, je vais lancer la vaisselle sale contre le mur.

Je mange ma poutine à l'ordinateur, en jouant à *Angry Birds*. J'ai sorti les frites du four trop vite. Certaines sont encore froides au milieu. La sauce a des grumeaux et le fromage n'a pas complètement fondu. Pour mieux faire passer ce déjeuner dégueulasse, je clique sur un de mes sites préférés, celui des records Guinness.

Dans la catégorie « Records favoris » : Alastair Galpin, de Nouvelle-Zélande, détient le record du plus grand poids soulevé par une langue humaine : 1,7 kilo. Il détient aussi le record du plus gros bol de soupe : 25 000 litres.

J'essaie d'imaginer un bol de soupe géant. Puis mon regard tombe sur ma poutine à moitié mangée. Une idée germe dans ma tête. Et si je tentais d'établir un record, moi aussi ? Fabriquer une poutine géante ? Une vraie bonne poutine, comme celle que préparait ma mère. C'est ça ! Avoir un projet ! Ne plus tourner en rond dans notre maison poussiéreuse et silencieuse. Établir un record. Montrer que je ne suis pas un perdant qui a été abandonné par sa mère et qui vit avec un père impassible et imperméable...

Ouais, ouais, ouais... Moi... Thomas Gagné, dans le *Livre des records Guinness*. Plus j'y pense, plus j'aime l'idée.

Je clique sur la formule d'inscription rapide.

La plus grosse poutine du monde

Mon prof dit qu'un simple battement d'ailes de papillon peut déclencher une tornade à l'autre bout du monde. Est-ce la même chose pour un clic de souris ? Est-ce qu'un simple clic peut changer une vie ? Espérons que oui. Ma vie a besoin de changer.

Pour la première fois depuis que j'ai quatorze ans, je n'ai plus envie de casser de la vaisselle. Je sautille d'excitation devant mon ordi. Je vais fabriquer la plus grosse poutine du monde !

# Une poutine de 650 kilos

En moins d'une heure, j'ai planifié mon projet. Je lui ai même trouvé un bon nom : le Projet Prodigieuse Poutine. Pour faire court : le PPP. J'ai décidé de viser les 650 kilos.

Voici les ingrédients dont j'aurai
besoin pour ma poutine géante :
300 kilos de frites.
150 kilos de fromage en grains.
200 kilos de sauce brune.

Avec 650 kilos de poutine, je pourrai nourrir plusieurs
centaines de personnes. Ce sera le grand festin de
la frite ! Il va falloir que je trouve un endroit pour tenir
l'événement. Et des commanditaires.

Tous les médias parleront de l'ado de Sainte-
Alphonsine qui a fabriqué la plus grosse poutine du
monde. Je donnerai des entrevues à la télévision, à la
radio. Il y aura ma photo dans les journaux. Une vidéo
virale sur YouTube. Des milliers de nouveaux amis sur
ma page Facebook. Et la cerise sur le sundae : ma
photo dans le *Livre des records Guinness*.

Quand je serai célèbre grâce à mon record, peut-être
que mon père s'intéressera enfin à moi. Peut-être
que ma mère entendra parler de son fils devenu une

vedette? Peut-être qu'elle m'appellera pour
me féliciter? Peut-être qu'on se reverra? Ça fait
beaucoup de « peut-être », mais espérer ne coûte rien.
Et, aujourd'hui, l'espoir me donne des ailes.

# Des centaines de questions, zéro réponse

Un épais brouillard de mystère flotte autour de ma mère.
Pourquoi est-elle partie? Où habite-t-elle? Qu'est-ce
qu'elle a fait à mon père pour qu'il la déteste à ce point?
Qu'est-ce que je lui ai fait pour qu'elle m'abandonne?

Des centaines de questions, mais zéro réponse.
Même chose pour ces prétendues lettres pour ma
fête, tiens. Qui les apporte? Longtemps, j'ai pensé
que mon père jouait au facteur. Mais chaque année,
quand je trouve l'enveloppe dans la boîte aux lettres,
il est aussi étonné et bouleversé que moi. Comme

mon père est un très mauvais menteur, je le saurais tout de suite s'il était au courant.

Parfois, je me demande si cette minable enveloppe vient vraiment de ma mère. C'est peut-être quelqu'un au village qui se prend pour le père Noël ou la fée des étoiles et qui veut faire plaisir au pauvre petit Gagné qui n'a plus de maman ? Rien que d'y penser, le poil de mes jambes se hérisse. La pitié m'écœure.

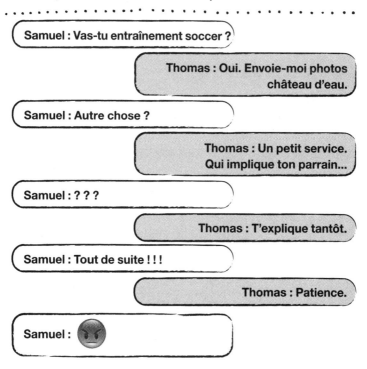

Samuel : Vas-tu entraînement soccer ?

Thomas : Oui. Envoie-moi photos château d'eau.

Samuel : Autre chose ?

Thomas : Un petit service. Qui implique ton parrain...

Samuel : ? ? ?

Thomas : T'explique tantôt.

Samuel : Tout de suite ! ! !

Thomas : Patience.

Samuel :

# Les premiers bénévoles recrutés

Tous les vendredis soirs, l'équipe de soccer se retrouve au dépanneur pour manger un cornet après l'entraînement. Comme d'habitude, les gars s'énervent et se tiraillent. Il faut que je crie pour me faire entendre. Mais dès que je dis les mots « record Guinness », j'ai toute leur attention. Une fois que je leur ai expliqué mon Projet Prodigieuse Poutine, tous mes amis se mettent à parler en même temps.

650 kilos de poutine, ce n'est pas si énorme. À moi tout seul, j'en mangerais au moins 100 kilos.

Ça va te coûter cher, la fabriquer !

Combien de personnes tu pourrais nourrir avec ça ?

Dans quoi tu vas mettre cette poutine géante?

Moi, j'aime la poutine italienne.

La poutine du roi est meilleure.

Tu vas la vendre ou la donner, ta mégapoutine?

Tu vas faire ça où?

Sainte-Alphonsine dans le Livre des records Guinness! Ouais!

Je vais t'aider.

Moi aussi!

Moi aussi!

Moi aussi!

Les gars embarquent. Fiou. J'ai déjà douze bénévoles. Pour réaliser le PPP et faire valider mon record, je vais avoir besoin d'aide. De beaucoup d'aide. Avant, pendant et après.

Il y a juste Samuel qui m'étonne un peu. C'est le seul qui n'a pas réagi.

# GG, fou des records Guinness

Quand tous les gars sont partis, Samuel se décide enfin à ouvrir la bouche.

— Tu aurais pu m'en parler avant…

— Sam, j'ai eu l'idée ce matin!

— Tu ne me dis rien de tes grands projets et, en plus, tu me demandes de t'aider…

L'air buté, Samuel donne de petits coups de pied sur les pneus de son vélo, puis il poursuit :

— Je sais déjà quel service tu veux me demander par rapport à mon parrain.

— Bravo, Sherlock. Penses-tu qu'il acceptera de me donner une commandite pour les frites ?

— Peut-être… Si je t'aide, est-ce que je peux avoir ma photo avec toi dans le *Livre des records Guinness* ?

— Euh… On verra.

On roule jusque chez Patatipatate, situé en plein centre de la rue Principale de Sainte-Alphonsine. Devant la roulotte à patates, Gros Gaston (GG pour les intimes) tourne autour de sa nouvelle vieille voiture, aussi excité qu'un enfant le matin de Noël. Sa bedaine tremblote sous son t-shirt trop serré. Le parrain de Samuel est un passionné (pour ne pas dire un obsédé) de voitures anciennes.

— C'est une Ford Fairlane 1957 ! Cette beauté m'a coûté la peau des fesses, mais elle est en parfaite condition ! claironne Gros Gaston.

Je ne comprends pas pourquoi quelqu'un veut payer si cher pour une vieille décapotable jaune citron. Mais Gros Gaston gagne beaucoup d'argent avec ses cinq cantines à poutine. Il y a toujours des files d'attente devant Patatipatate, qui a la réputation d'être la meilleure chaîne de patateries de l'Estrie.

Samuel admire longuement la carrosserie de la Ford Fairlane 1957. Il pousse des oh! et des ah! devant les enjoliveurs. Je lui donne un coup de coude pour lui rappeler la raison de notre visite.

— Cher GG, est-ce que je t'ai déjà dit que tu étais le meilleur parrain du monde?

Gros Gaston éclate de rire.

— Cré Sam! Tu ne gagneras pas de prix pour ta subtilité. De quoi as-tu besoin?

— De 300 kilos de frites…

— Tu veux nourrir une douzaine de géants? demande GG.

— Ce n'est pas une blague, c'est pour le PPP, déclare Samuel.

— Le quoi?

— Le Projet Prodigieuse Poutine.

Dès que je mentionne le mot « Guinness », Gros Gaston interrompt mes explications.

— Le *Livre des records Guinness*! Mon livre préféré! Quand j'avais votre âge, je l'ai lu au moins cent cinquante fois!

Il accepte tout de suite de me fournir les 300 kilos de frites. Avoir su, j'aurais aussi demandé un iPad.

— Merci, GG, il n'y en a pas deux comme toi! dit Samuel en lui donnant un coup de poing sur l'épaule.

Gros Gaston lui remet son coup de poing. Les voilà qui se bousculent joyeusement devant la cantine. Samuel sautille comme un boxeur et ricane comme une hyène. Débile.

Je balance encore entre soulagement et jalousie. Soulagé d'avoir eu la commandite des frites. Jaloux de ne pas avoir un parrain aussi comique qu'un clown et aussi généreux que la marraine de Cendrillon. Le vide-brutal-qui-fait-mal me tord les boyaux.

# Cinq morceaux... puis dix morceaux...

L'enveloppe est arrivée avec deux jours de retard. Je l'ai trouvée ce matin dans la boîte aux lettres. C'est encore pire que par les années passées : il n'y a qu'un billet de 10 $, sale et fripé dans l'enveloppe. Ma mère a collé un papier rose bonbon sur le billet, toujours avec le même message stupide : « Bonne fête, Thomas. Ta mère. »

J'attrape une assiette sale dans l'évier, je sors et je la lance sur l'asphalte de l'entrée. L'assiette se brise en cinq morceaux. Je les ramasse et les jette dans la poubelle. J'aime le fracas de la porcelaine cassée.

Je déchire le billet de 10 $ en dix petits morceaux qui prennent aussi le chemin de la poubelle. Les dix morceaux de billet tombent silencieusement sur les cinq morceaux d'assiette.

Briser, déchirer… Petite soupape pas satisfaisante.

Je saute sur mon vélo et fonce à pleine vitesse jusqu'à la fromagerie Ladouceur. Je vais fabriquer la plus grosse poutine du monde, récolter un record Guinness et montrer à ma mère qu'elle a fait une énorme connerie en me jetant en dehors de sa vie.

# La condition d'Irène Ladouceur

Devant la fromagerie, je me rends compte que je n'ai pas préparé mes arguments pour convaincre la propriétaire. Si Médéric Ladouceur vivait toujours, j'aurais eu ma commandite de fromage en claquant des doigts. Le vieux Médéric adorait les voiliers et il passait des heures dans l'atelier avec mon père. Mais bon, le maître fromager est mort il y a six mois, et sa nièce a repris l'entreprise.

À son arrivée ce printemps, Irène Ladouceur a fait papoter toutes les potineuses de Sainte-Alphonsine. Cette nièce venue de Montréal connaissait-elle vraiment le fromage?

La fille d'Irène Ladouceur est assise sur le perron de la fromagerie, en train de lire *Astérix aux Jeux olympiques*. Éliane Ladouceur a beaucoup fait parler à notre école. À cause de sa « différence », tout le monde s'est donné bien du mal pour l'éviter.

Même s'il fait vingt-cinq degrés Celsius, Éliane porte une chemise dont les manches lui couvrent les poignets. Quand je passe près de sa chaise, nos regards se croisent. Elle fait un petit sourire et dit : « Salut. » Je fais semblant de ne pas avoir entendu.

Lorsque je demande à voir la propriétaire, la caissière m'envoie dans l'entrepôt où se trouve Irène Ladouceur, une grande femme, mince et pâle comme ses bâtonnets de fromage. Elle n'est pas vieille, mais son bonnet de papier blanc lui donne une allure de mémère. Je n'y vais pas par quatre chemins :

— Je veux établir un record Guinness en faisant la plus grosse poutine du monde. Je cherche des commandites. Je serais le gars le plus heureux du monde si vous acceptiez de me fournir 150 kilos de fromage en grains.

Elle siffle :

— À 18 $ le kilo de fromage, ça monte à 2 700 $. C'est une grosse commandite, ça !

— Votre oncle aurait dit oui.

Elle lève un sourcil en accent circonflexe.

— Comment le sais-tu ?

— Mon père et lui étaient de grands amis.

Irène Ladouceur tripote un sac de fromage, l'air hésitant. J'ajoute :

— Mon record va attirer les journalistes. Les journaux, la radio et la télévision parleront de votre fromagerie. Ça vous fera de la bonne publicité. Les gens de Sainte-Alphonsine vont être touchés de votre générosité.

Elle sourit.

— Tu as de bons arguments.

Irène Ladouceur enlève son bonnet, essuie son front en sueur et dit :

— D'accord. À une condition.

— Laquelle ?

— Tu inclus ma fille dans ton projet.

Ah non ! Pas une fille dans mon projet ! Éliane Ladouceur en plus ! Les gars de l'équipe de soccer, qui ont promis de m'aider, vont gueuler.

— Euh… je ne pense pas que votre fille serait intéressée par mon projet…

Irène Ladouceur insiste :

— L'entrée à la polyvalente de Granby n'a pas été facile pour Élie.

Quelle idée, aussi, de déménager au début de juin, juste avant la fin de l'année scolaire ! Les gangs sont formées depuis longtemps. S'il n'y avait pas eu sa

« différence », Éliane Ladouceur aurait peut-être eu
plus de facilité à se faire des amis ou à s'intégrer dans
un groupe. Mais sa main…

Irène Ladouceur en rajoute :
— Élie ne connaît personne ici. Je ne veux pas qu'elle
  passe son été seule…

Je n'ai pas le choix. Pour avoir la commandite de
fromage, il faut que j'accepte sa condition. Je dis d'un
ton grave, comme si j'étais à 100 % sincère :
— Votre fille est la bienvenue dans mon projet.

Irène Ladouceur m'offre un grand sourire et un sac
de fromage en grains. Je sors de la fromagerie par la
porte de côté, pour éviter sa fille qui lit sur le perron.

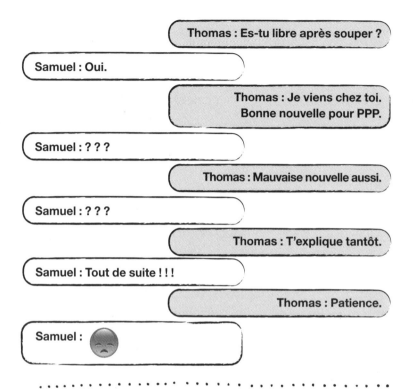

Thomas : Es-tu libre après souper ?

Samuel : Oui.

Thomas : Je viens chez toi. Bonne nouvelle pour PPP.

Samuel : ? ? ?

Thomas : Mauvaise nouvelle aussi.

Samuel : ? ? ?

Thomas : T'explique tantôt.

Samuel : Tout de suite ! ! !

Thomas : Patience.

Samuel :

# Une vraie famille, ça rit ensemble

Quand j'arrive chez Samuel, les Bernier ont fini de souper, mais Léa me fait asseoir à table et pose une assiette de pâté chinois devant moi. Comme elle me connaît depuis que je suis bébé, la mère de mon ami sait que, chez nous, les menus tournent toujours autour des plats surgelés.

— Mange, Thomas! Tu es plus maigre qu'un manche
à balai, dit-elle.

— Léa voudrait que tout le monde ait de jolies
poignées d'amour comme les siennes, déclare le
père de Samuel en posant un bisou dans le cou de
sa femme.

Elle lui répond avec un coup de poing taquin sur
l'épaule.

— On a des choses sérieuses à discuter. Des choses
pas pour les oreilles des adultes, précise Samuel.

Son père éclate de rire et pose un bisou dans le cou
de son fils.

— Ouache! lance Sam, faussement fâché.

Ses parents vont s'installer dehors avec leurs livres.
Ça ressemble à ça, une vraie famille. De la rigolade.
Des taquineries qui sont une façon de dire : « Je
m'intéresse assez à toi pour tenter de te faire rire... »
Pas comme chez moi, où il n'y a que du silence et
de l'indifférence.

— Commence par la bonne nouvelle, dit Samuel.

— J'ai la commandite pour le fromage !

Il me tape dans la main.

— Yé ! Et la mauvaise nouvelle ?

— Irène Ladouceur a accepté à une condition : que j'inclue sa fille dans le projet.

— Éliane Ladouceur ? Personne ne lui parle à l'école !

— Je sais.

— Et sa main…

— Je n'ai pas le choix.

Il secoue la tête d'un air frustré.

— En tout cas, c'est ton problème. Moi, je me tiens loin d'elle. Tu as un service à me demander ?

Je prends une bouchée de pâté chinois, le temps de réfléchir à la meilleure façon de lui présenter la chose.

— Je veux que tu viennes voir la mairesse avec moi.

Il lève les yeux au ciel.

— Ah non ! Pourquoi ?

— J'ai besoin de l'aréna pour préparer et servir ma poutine.

— On ne peut pas faire ça dehors ?

— Dehors ? Avec toute la pluie qui tombe dans la région ? Tu me vois préparer 650 kilos de poutine et la servir en plein orage ? Dans l'aréna, il y a beaucoup de place pour mettre de grandes tables, et on pourrait utiliser les réchauds de la cantine pour la sauce.

Samuel bougonne. Je m'y attendais. La mairesse est sa voisine, et il endure depuis longtemps ses excentricités.

— Grrr… La Tartatcheff, je ne peux pas la sentir…

— Je sais. Mais ce record Guinness ne nous tombera pas tout cuit dans le bec… Tu es son voisin. Si la demande vient de toi, on a plus de chances qu'elle dise oui.

— Si j'y vais, tu me promets que j'aurai ma photo dans le *Livre des records Guinness* ?

— Tu es obsédé par cette histoire de photo ! Allons-y !

# Un perroquet impoli

En arrivant chez Thérèse Tartatcheff, on entend des cris par la porte entrouverte :

— Imbécile ! Reptile malhabile !

Je glisse à Samuel :

— Son perroquet aurait besoin d'une leçon de politesse.

Mon ami soupire d'impatience :

— La meilleure façon d'insulter la mairesse, c'est de traiter son oiseau de perroquet. Comme elle le répète cent soixante-quinze fois par semaine, son Georges n'est pas un perroquet, mais un youyou du Sénégal.

Thérèse Tartatcheff vient nous ouvrir et, comme chaque fois que je la vois, je lui trouve un air de clown. Ça m'étonne que les habitants de Sainte-Alphonsine, si conventionnels, l'élisent depuis dix ans. Charpente de bûcheronne, lignasse teinte en roux, la mairesse porte toujours des vêtements jaunes.

— Salut, mon p'tit voisin.

— Bonjour, madame Tartatcheff, dit Sam avec un sourire forcé.

Puis elle se tourne vers moi :

— Es-tu le fils de Jean Gagné?

— Oui.

— C'est bien ce que je pensais. Qu'est-ce que je peux faire pour vous?

— On a un service à vous demander, dit Sam avec un deuxième sourire forcé.

La mairesse nous invite dans sa cuisine qui sent la banane trop mûre. Le youyou du Sénégal se balance sur son perchoir, dans la cage ouverte. Avec son plumage vert lime et son ventre jaune mangue, je dois admettre que l'oiseau est plutôt beau. Dommage qu'il soit insupportable. Dès qu'il nous aperçoit, le youyou se met à hurler :

— Idiot! Illettré! Ignorrrant...

— Ça suffit, Georges, lance la Tartatcheff d'un
  ton sévère.
— C'est à propos de l'aréna, dit Sam. Thomas a un
  beau grand projet...

Je commence à expliquer mon PPP, mais, dès que
je prononce le mot « poutine », la mairesse se lève
comme si elle venait de s'asseoir sur un porc-épic.
— Stop ! J'ai travaillé trop fort pour interdire la
  malbouffe à l'aréna, je ne vous permettrai pas d'y
  vendre des tonnes de frites.

Je précise alors :
— On ne vendra pas la poutine, on va la donner.
— En plus ? Je ne peux pas vous laisser utiliser l'aréna
  gratuitement, alors que tous les clubs sociaux
  doivent payer. Sainte-Alphonsine a besoin de ces
  revenus de location.

Le youyou crie :

NONO !
IDIOT ! NONO !

Je donne un coup de coude à Samuel. Mon copain se fait aussi bavard qu'un mur. Je tente un autre argument :

— Si j'arrive à établir un record Guinness, on parlera de Sainte-Alphonsine à la télévision et dans les journaux. Ça fera une belle publicité pour le village…

— Guinness ou pas, je ne veux pas de poutine dans mon aréna, répète la Tartatcheff.

— Est-ce qu'on peut au moins…

Elle m'interrompt en levant une main aussi large qu'une raquette de ping-pong.

— Désolée, messieurs, je dois préparer le cours de taï chi que je donne demain matin. Merci de votre visite.

Le perroquet effronté se remet à hurler :

— Corrrrnichon ! Crrrrétin ! Crrrrrétin total !

Si je tordais le cou à la mairesse et à son youyou, lequel des deux crierait le plus fort ?

# Trop de paperasse en anglais

De : rmt@guinnessworldrecords.com
À : TomG@moi.com
18 juillet  11:33
Dossier : 322557
Numéro de membre : 283845

Cher monsieur,

Merci de nous avoir soumis votre projet pour établir
le record de la plus grosse poutine du monde.
Vous trouverez en pièces jointes les lignes directrices
pour cette catégorie de records, ainsi qu'une trousse
qui présente les exigences que vous devez respecter
pour réaliser votre projet et établir un record.

Veuillez recevoir, cher monsieur, mes meilleures salutations.

Julie Smith
Guinness World Records
184-192, rue Drummond,
Londres, NW1 3HP, Royaume-Uni

Ouais. Parlons-en, de leur trousse. Je veux bien croire que les records Guinness sont d'origine britannique, mais ils pourraient faire un effort pour traduire leur paperasse en français. Moi qui ai quasiment coulé mon cours d'anglais, je vais passer des semaines à essayer de comprendre cette tonne de formulaires.

Soudain, une idée géniale germe dans mon cerveau. Éliane Ladouceur! Puisque je suis obligé de l'inclure dans mon PPP, je vais lui donner ces formulaires pour qu'elle s'en occupe. Elle ne peut pas être plus nulle que moi en anglais. Sait-on jamais : peut-être qu'elle aime ça, remplir de la paperasse?

# Un autre moineau qui m'énerve...

Sans plus attendre, je fourre tous les formulaires dans mon sac à dos. Je file à vélo jusqu'à la maison des Ladouceur, située juste à côté de la fromagerie. Je trouve Éliane en train de lire *Astérix et Cléopâtre* dans une chaise longue, sur la pelouse devant la maison. Près d'elle, un oiseau turquoise se lisse les plumes dans une cage.

Éliane Ladouceur ne lève pas la tête à mon approche. Pourtant, je sais qu'elle m'a vu.
— Salut.
— ...

Je répète, plus fort :
— Salut.

Elle ne me regarde toujours pas. Sa tresse suit son bras en un long ruban chocolat.

— Hum, hum.

Finalement, madame daigne se tourner vers moi.

— Frustrant, hein, de se faire ignorer quand quelqu'un te dit bonjour?

Ouille. Le ton est agressif, et le regard, accusateur. Pas contente, la fille... Je fixe ses pieds pour éviter de regarder sa main.

— Euh... tu m'as dit bonjour? Quand ça?

— Ne fais pas l'innocent, tu te cales encore plus, répond-elle, impatiente.

— Euh...

— Avant-hier, à la fromagerie, tu m'as ignorée. Aujourd'hui, tu me parles seulement parce que tu as besoin de moi.

Je gratte un morceau de rouille sur mon guidon. Je transpire. Si j'avais des ailes, je m'envolerais. Dans sa cage, l'oiseau turquoise fait tinter une clochette accrochée à un miroir en forme de cœur. J'en profite pour changer de sujet :

— Est-ce que ton oiseau aime se regarder dans le miroir?

Elle précise sur un ton glacial :

— C'est une perruche.

— OK, une perruche. Euh… Tu es au courant pour mon projet de record?

— Je sais que ma mère t'a obligé à m'inclure dans ton projet en échange d'une commandite de fromage.

— Euh… ouais.

D'une voix dure, elle demande :

— Tu veux vraiment que j'y participe?

Inutile de faire semblant, elle le verrait tout de suite. Je suis aussi mauvais menteur que mon père.

— Je n'ai pas le choix.

Éliane a un sourire étrange. On dirait qu'elle hésite entre trouver ça drôle ou triste.

— Enfin un peu d'honnêteté.

— Les membres de mon équipe de soccer ont promis de m'aider. On est déjà une bande de gars, tu comprends...

Elle secoue la tête :

— Non, je ne comprends pas. Je ne comprends pas pourquoi ma main vous dérange tant que ça, toi, tes amis et tous les autres à l'école...

— Euh... mais... je...

D'un geste brusque, elle se lève et rejette sa tresse par-dessus son épaule. Puis elle agite sa main devant ma face.

— C'est une main artificielle. Ce n'est pas contagieux. Ça ne mord personne.

Éliane Ladouceur rentre chez elle en claquant la porte. La perruche se met à crier comme si on lui arrachait les plumes.

Décidément, je n'ai pas de chance avec les femmes qui aiment les oiseaux.

# De quelle couleur sont ses yeux?

Sam m'a envoyé les photos qu'il a prises de moi au sommet du château d'eau. En me regardant, perché si haut dans l'échelle, j'entends de nouveau la voix de Léa Bernier : « Mon bébé! Mon bébé! »

Que dirait ma mère si elle voyait cette photo? Est-ce qu'elle s'exclamerait, pleine d'angoisse : « Mon bébé! Mon bébé! Il ne faut pas faire des folies comme ça! »

Si ma mère pouvait voir cette photo, elle ne me reconnaîtrait sans doute pas. Je n'ai plus ma binette de p'tit gars de cinq ans. Et moi, si je croisais ma mère au dépanneur, est-ce que je la reconnaîtrais?

J'ai les yeux bleus et mon père a les yeux bruns. J'ai des cheveux bruns et mon père a des cheveux noirs.

Ma mère a-t-elle les yeux bleus ? Je ne sais pas. Je ne m'en souviens plus.

Ma mère a-t-elle les cheveux bruns ? Je ne sais pas. Je ne m'en souviens plus.

Je n'arrive pas à décider ce qui fait le plus mal : ne pas savoir ou ne plus me souvenir ?

# Une cervelle de céleri

Maintenant que j'ai la confirmation de Guinness que je peux aller de l'avant, j'ai vidé tout mon compte de banque : 200 $. J'y ajoute les 40 $ reçus de mon père à ma fête. J'ai emprunté 20 $ à trois gars de l'équipe de soccer.

Quand j'ai demandé à Sam de me prêter 40 $, il m'a répondu : « Si tu me laisses avoir ma photo dans le *Livre des records Guinness.* »

Il commence à m'énerver, celui-là, avec ses exigences.
Il m'a tout de même avancé l'argent. Au total, j'ai 340 $
en poche, un montant suffisant pour réserver l'aréna.

Sam refuse net de m'accompagner de nouveau chez
la mairesse.

— Thérèse Tartatcheff est plus têtue que trois mules.
Il faut se lever de bonne heure pour la faire changer
d'idée. Même si tu lui offres 100 000 $, elle ne
voudra pas te louer l'aréna.

Pour mettre toutes les chances de mon côté, je me
rends à l'hôtel de ville plutôt que chez la mairesse.
J'ai apporté une banane pour son youyou.

Sa secrétaire me fait poireauter trente minutes. Ça
m'apprendra à oublier de prendre un rendez-vous.
J'entends l'oiseau jacasser derrière la porte du bureau.

La secrétaire soupire :

— Parfois, je rêve que Georges s'étouffe avec un
   morceau de mangue séchée…

Lorsque Mme Tartatcheff peut finalement me recevoir,
j'ai tellement tripoté la banane du youyou qu'elle a
perdu toute fermeté. La mairesse m'invite dans son
bureau avec autant d'enthousiasme que si elle invitait
un troupeau d'éléphants dans sa maison.

Aujourd'hui, elle porte une robe du même jaune que la
poitrine de son oiseau, perché sur son épaule.

— Bonjour, Thomas Gagné.

— Bonjour, madame. J'ai apporté une collation
   pour Georges.

Je lui donne la banane molle et pose la pile de dollars
sur son bureau.

— Voici un versement pour louer l'aréna une journée,
   au début d'août.

Espérons qu'elle ne remarque pas mes mains qui
tremblent. Le foutu youyou se met à hurler :

CERVELLE
DE CÉLERI !

CERVELLE
DE CÉLERRRRI !

La mairesse secoue la tête et me dit, en articulant
chaque syllabe, comme si elle parlait à un élève
de maternelle :

— Je t'ai déjà expliqué ma position au sujet de la
malbouffe. Pas de poutine dans mon aréna…
Même si tu me donnes trois fois plus d'argent que
le tarif habituel, je ne te louerai pas l'aréna.

— Ce n'est pas votre aréna !

Elle fronce les sourcils et réplique sèchement :

— Je suis la mairesse de Sainte-Alphonsine et c'est moi qui décide. Maintenant, tu vas m'excuser, j'ai des dossiers importants à régler.

Même après avoir claqué la porte de la mairie, j'entends encore les cris du gros moineau mal élevé :

Je fais le tour de Sainte-Alphonsine à vélo, afin de voir s'il n'y aurait pas d'autres possibilités pour mon PPP. Le gymnase de l'école n'est pas assez grand. Le sous-sol de l'église est en rénovation. Vraiment, l'aréna est le meilleur endroit – le seul endroit – pour réaliser mon projet. Comment convaincre cette entêtée de Tartatcheff ?

# Évitons les volcans

Voir quelqu'un sangloter, c'est dix fois pire que voir quelqu'un pleurer. Quand une personne pleure, c'est simple : les larmes coulent. Point. On peut faire semblant qu'on ne les a pas vues. Mais quelqu'un qui sanglote, ça ressemble à un volcan qui explose. Impossible de faire l'autruche.

Quand j'ai eu neuf ans, mon père a laissé exploser son volcan. C'était un autre 14 juillet où j'avais attendu toute la journée que ma mère me donne signe de vie. J'avais trouvé l'enveloppe habituelle, avec les billets fripés, dans notre boîte aux lettres, mais je voulais davantage. Une vraie lettre, avec des nouvelles. Je voulais un courriel, un appel, une visite. Je n'en pouvais plus, de ce brouillard de mystère.

Alors j'ai piqué une crise. J'ai tapé du pied. J'ai hurlé. Mes questions ont éclaté comme des bombes au visage de mon père. Pourquoi était-elle partie ? Où vivait-elle ? Pourquoi ne venait-elle jamais nous voir ?

Mon père m'a répondu d'une voix tremblante :
— Elle ne veut plus rien savoir de nous.

Sa réponse ne m'a pas calmé. J'ai continué à gueuler. Ma colère a réveillé le volcan qui dormait dans mon père. Il s'est mis à pousser des grognements bizarres, à demi étouffés, comme s'il allait vomir ses tripes. Quand il a commencé à sangloter, j'ai aussitôt cessé de hurler. Avec ses yeux écarquillés, sa bouche qui tremblotait, ses épaules qui sautaient, sa morve qui coulait, mon père m'effrayait. Et les larmes ! Misère ! Des rivières de larmes. Il n'essayait même pas de se cacher.

J'étais paralysé par la peur. Incapable de consoler mon père. Allait-il faire une crise cardiaque ? Se briser en mille morceaux ? Inonder la maison de ses larmes ? Le pire, c'est que je n'avais aucune idée de la façon d'éteindre le volcan. Aucune idée de la manière de le réconforter.

Quand on a vu quelqu'un pleurer avec autant de violence, on sait qu'il ne faut plus réveiller les volcans. Voilà pourquoi je ne connais pas les raisons qui ont poussé ma mère à nous quitter. À cause des volcans, j'ai peur de le demander. Si j'insiste trop, mon père pourrait prendre son vieux voilier, partir à l'autre bout de la planète et m'abandonner, lui aussi.

# Beaucoup de bonjours

Éliane Ladouceur vit à l'ère des dinosaures. Elle n'a pas de téléphone cellulaire ni de page Facebook. Il a fallu que j'appelle sa mère pour avoir son adresse de courriel !

○ ○ ○

**De : TomG@moi.com
À : ÉlieLadouce@mymail.ca
19 juillet  12:32**

Salut, Éliane Ladouceur,
Ta mère m'a donné ton adresse de courriel.

OK, je l'avoue. Je t'ai ignorée, l'autre jour.
C'était bête.
Et stupide.
Excuse-moi.

Voici la vérité vraie : ce projet de record Guinness est important
pour moi. Pour des raisons que je ne veux pas expliquer.
Donc j'ai besoin de la commandite de fromage.
Besoin d'aide aussi avec les formulaires en anglais de Guinness.
Je ne peux pas te payer. Toutes mes économies vont dans le PPP.

En échange de ton aide, je t'offre ma collection d'Astérix,
12 albums en excellent état.
Cette offre est très généreuse.

Thomas

**De :** ÉlieLadouce@mymail.ca
**À :** TomG@moi.com
**19 juillet  15:20**

Salut, Thomas Gagné,

Garde tes Astérix.
Tu ne peux pas m'acheter.
Je ne veux rien de toi.
Sauf de la politesse.
Par exemple, si je te dis «Bonjour », tu réponds
« Bonjour ». Pas plus compliqué que ça.
De plus, appelle-moi Élie. Je déteste le prénom Éliane.
Dépose tes formulaires dans ma boîte aux lettres.
Je vais y jeter un coup d'œil.

Élie-qui-trouve-ça-niaiseux-de-bouder

Bonjour, Élie! Bonjour! Bonjour! Bonjour! Bonjour!
(Je ne peux pas t'acheter, mais j'essaie
de me racheter avec tous mes bonjours…)
Merci de ne pas bouder.
Merci de t'occuper de mes formulaires.

Thomas

# Et Astérix, il ne mangeait pas de poutine?

Pour mon record Guinness, je vais faire une poutine traditionnelle. Avec une simple sauce brune. Mais en cherchant la recette sur Internet, j'ai découvert des variantes de la poutine. Juste à lire la liste, ça me donne faim. Un jour, je les essaierai toutes.

# Menu poutine

## Poutine du roi
**(saucisses fumées)**

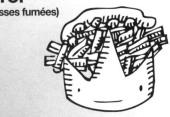

## Poutine cajun
**(frites épicées)**

## Poutine végétarienne
**(champignons, poivrons et oignons)**

Très santé.
Parfait pour notre mairesse qui déteste tant la malbouffe...

## Poutine croquante
**(bacon)**

## Poutine bourguignonne
**(bœuf bourguignon, ail, vin)**

Qui voudrait manger des frites qui flottent dans le vin ?

Beurk !

## Poutine pleurante
**(piments forts et oignons)**

J'aime le nom...

## Poutine française
**(sauce au poivre)**

Je me demande si on en mange à Paris...

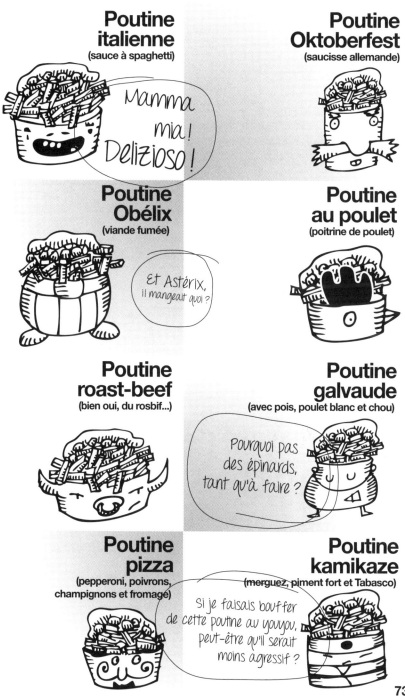

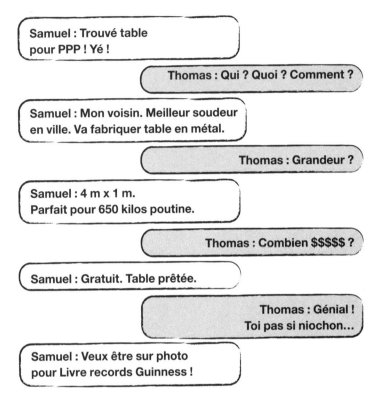

**Samuel :** Trouvé table pour PPP ! Yé !

**Thomas :** Qui ? Quoi ? Comment ?

**Samuel :** Mon voisin. Meilleur soudeur en ville. Va fabriquer table en métal.

**Thomas :** Grandeur ?

**Samuel :** 4 m x 1 m. Parfait pour 650 kilos poutine.

**Thomas :** Combien $$$$$ ?

**Samuel :** Gratuit. Table prêtée.

**Thomas :** Génial ! Toi pas si niochon…

**Samuel :** Veux être sur photo pour Livre records Guinness !

# De mystérieuses menottes

Il y a tellement de cachotteries au sujet de ma mère que je n'arrive plus à les compter. De toutes les questions sans réponses, celle qui me tracasse le plus tourne autour d'une paire de menottes.

Quand j'avais huit ans, Sam s'est déguisé en policier pour l'Halloween. Son père lui avait acheté des menottes en plastique pour compléter son costume. Quand j'ai vu les menottes accrochées à la ceinture de mon ami, j'ai éclaté en sanglots. Je pleurais comme une fontaine, sans savoir pourquoi. La mère de Sam m'a fait la prise de l'ours et je me suis finalement calmé.

Quelques jours plus tard, j'ai volé les menottes qui traînaient dans la chambre de Samuel. Je les ai toujours, cachées sous mon matelas. De temps en temps, je les sors, je les contemple et je réfléchis intensément. Mais j'ai beau fouiller dans ma mémoire, je ne trouve rien. Les souvenirs refusent de monter à la surface. Les menottes sont liées à ma mère, j'en suis certain. Mais je ne sais pas pourquoi.

De : ÉlieLadouce@mymail.ca
À : TomG@moi.com
21 juillet  10:32

Salut, monsieur Poutine,

Voici la liste des consignes envoyées par Guinness :

• La poutine doit être préparée dans un contenant hygiénique.

• De l'équipement professionnel doit être utilisé pour prendre
  les mesures.

• Le poids du plat doit être soustrait du poids final de la poutine.
  Nous recommandons donc de peser le plat avant la préparation
  de la poutine.

• Il faut noter le nombre de personnes qui ont préparé la poutine,
  ainsi que le nombre d'heures passées à préparer la poutine
  et à la faire cuire.

• Tous les aliments qui composent le plat doivent être préparés de
  façon hygiénique, de manière à ne pas les rendre impropres
  à la consommation humaine.

• Toutes les mesures devront être fournies en unités métriques
  et impériales.

Élie-la-traductrice

# La main avalée par le loup

Plutôt que de répondre par courriel à Élie, je file à vélo jusque chez elle. Quand elle m'ouvre la porte, je lui tends *Astérix chez les Belges*. Elle prend la bédé avec sa vraie main, la gauche. Je lui demande :
— L'as-tu lue ?

Elle fait non avec la tête. J'ajoute :
— C'est la meilleure.

Elle sourit. Pour la première fois, je remarque la couleur de ses yeux. Bleus. Bleu intense.
— Merci. Je t'en donnerai des nouvelles.

Je me balance d'un pied à l'autre.
— Super, ta traduction des formulaires de Guinness. Ça va m'aider à m'organiser.

— Je vais faire le reste aujourd'hui.

— Merci.

Elle hésite un instant, puis dit :

— Veux-tu boire quelque chose ?

Je la suis dans la cuisine. L'oiseau turquoise est posé sur le dessus du réfrigérateur. Dès qu'elle me voit, la perruche se met à siffler agressivement.

Élie me verse un verre de jus.

— J'ai chicané ma mère de t'avoir forcé à m'inclure dans ton projet. Elle veut tellement que je sois heureuse qu'elle va parfois trop loin. Est-ce que ta mère se mêle de tes affaires comme ça ?

Je me baisse et rattache mon lacet qui n'est pas détaché. Je lâche le morceau, très vite :

— Je n'ai pas vu ma mère depuis des années.

Élie hausse les sourcils.

— Elle ne t'appelle jamais ?

— Jamais. Pas d'appels. Pas de lettres. Pas de courriels. Rien qu'un peu d'argent à ma fête.
— Pourquoi?

J'essaie d'ignorer cette douleur au ventre, le retour du vide-brutal-qui-fait-mal. Je chuchote ma réponse:
— Je ne sais pas.

Élie va chercher une tablette de chocolat noir dans l'armoire et en casse un gros morceau qu'elle me tend.
— Le chocolat, ça ravigote.

Je déteste le chocolat noir. J'en prends une minibouchée et je lui demande:
— Poses-tu toujours autant de questions indiscrètes?
— J'ai bien peur que oui. Tu peux me poser une question indiscrète si tu veux, pour te venger.
— Euh... je ne veux pas me venger.

Élie agite sa main droite sous mon nez avec un sourire coquin.

— Il y a sûrement une question que tu veux poser
sur ma main. Tout le monde est curieux à propos
de ma main.

Encore une fois, je ne sais pas quoi dire. Cette fille est
tellement directe.
— Comment c'est arrivé ?

Élie a un moment d'hésitation, puis répond :
— Je faisais une randonnée et un loup m'a attaquée.
— Vraiment ?
— Mais non, je blague. Je suis née avec une main en
moins. Aussi simple que ça.

La perruche quitte le dessus du frigo et se pose sur
l'épaule d'Élie.
— Hé, comme ça, avec ta perruche, tu ressembles à
notre mairesse… L'as-tu vue se promener avec son
perroquet sur l'épaule ?
— Difficile de ne pas la voir… Elle est venue à la
fromagerie nous présenter son youyou du Sénégal.
Elle en parle comme si c'était son bébé.

Bébé! Soudain, une autre idée géniale germe dans mon cerveau. Je sais comment forcer la Tartatcheff à me louer l'aréna! À nous deux, Mme la mairesse!

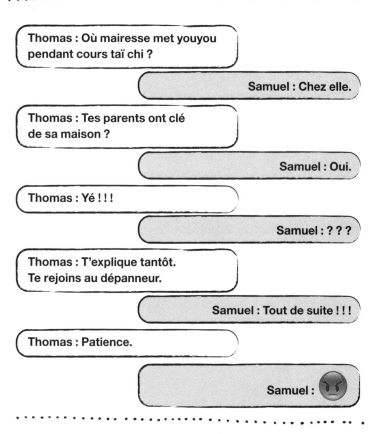

Thomas : Où mairesse met youyou pendant cours taï chi ?

Samuel : Chez elle.

Thomas : Tes parents ont clé de sa maison ?

Samuel : Oui.

Thomas : Yé ! ! !

Samuel : ? ? ?

Thomas : T'explique tantôt. Te rejoins au dépanneur.

Samuel : Tout de suite ! ! !

Thomas : Patience.

Samuel :

# Mieux vaut des cendres que rien du tout

Dans notre maison, il n'y a aucune trace de ma mère. Zéro photo. Aucune robe. (Portait-elle des robes ?) Même pas une vieille paire de souliers oubliée au fond d'un placard. Mon père a tout fait disparaître.

Se faire effacer, c'est pire que mourir. Si ma mère était morte, on aurait sans doute gardé des photos, quelques bijoux. Même une urne remplie de cendres, ce serait mieux que ce vide-brutal-qui-fait-mal. Avec une urne, je pourrais au moins arrêter de me demander où elle est.

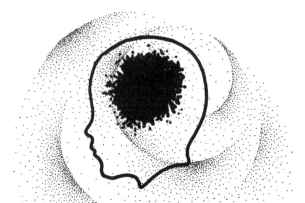

# De gros risques en vue

Quand j'arrive au dépanneur, Samuel est déjà là, en train de lécher son cornet. Je n'ai même pas le temps de finir mon explication qu'il m'interrompt :

— Kidnapper le youyou de la mairesse ? Es-tu tombé sur la tête ? C'est ce que notre voisine aime le plus au monde.

— Justement. On kidnappe le youyou de la Tartatcheff et on le cache pendant trois jours. Puis on lui ramène son poulet détestable en disant qu'il était perdu dans la forêt. La mairesse sera tellement heureuse de retrouver son oiseau que, pour me remercier, elle me louera l'aréna pour le PPP.

— Tu veux faire ça quand ?

— Dimanche matin. La Tartatcheff donne son cours de taï chi sur la pelouse devant la mairie. Tu m'as dit qu'elle laissait son youyou dans la véranda et que tes parents avaient une clé.

Samuel proteste :
— Trop risqué.
— Tu as peur ?
— Si on se fait prendre, il y aura des conséquences à n'en plus finir. Mes parents sont bien plus sévères que ton père…
— Je n'ai pas le choix. Sans aréna, pas de PPP.

Samuel soupire.
— Si j'accepte de t'aider, il faut que tu me promettes que je serai sur la photo qui ira dans le *Livre des records Guinness*.
— OK, je le promets. Juré, craché.

De : ÉlieLadouce@mymail.ca
À : TomG@moi.com
23 juillet  10:41

Salut, monsieur Poutine,

J'ai fini de lire *Astérix chez les Belges*.
Je comprends pourquoi tu aimes cette bédé
qui explique comment les Belges ont inventé les frites!

Voici la liste des documents que tu dois fournir
à Guinness pour faire homologuer ton record :
- Lettre d'accompagnement décrivant l'événement
  et le record établi.
- Deux déclarations de témoins qui ont vu l'événement ou une
  déclaration signée par un notaire. Ces témoins doivent être
  majeurs et exercer une profession telle que notaire, avocat,
  policier ou professeur.
- Couverture médiatique pour confirmation indépendante
  (article de journal, extrait d'un reportage à la télévision
  ou extrait/enregistrement radio.)
- Photographies en couleur et vidéo de l'événement.

Élie-traductrice-dévouée-au-PPP


P.-S. Tu as beaucoup de choses à faire
et de monde à recruter pour fabriquer
ta prodigieuse poutine.

De : TomG@moi.com
À : ÉlieLadouce@mymail.ca
23 juillet  13:48

**Chère dévouée traductrice,**

**Merci pour ton bon travail.**

**Pour ta récompense, tu auras le droit**
**de me poser une de tes questions indiscrètes.**

**Thomas-futur-vedette-du-Livre-des-records-Guinness**

Élie a raison, il va me falloir une armée de bénévoles
pour faire tout ça.

Si seulement mon père pouvait m'aider.
Si seulement mon père n'était pas si obsédé
par son voilier.
Si seulement mon père n'était pas si renfermé.
Si seulement mon père pouvait agir comme un père.

# Opération Kidnapping

D'habitude, je dors jusqu'à midi. Mais, aujourd'hui, je me réveille en même temps que mon père. Le soleil n'est pas encore levé. Je suis trop énervé pour dormir. Quand je descends à la cuisine, mon père termine son café et se prépare à partir pour la boulangerie. Il me jette un regard étonné :

— Déjà debout ?

— Ouais.

— En quel honneur ?

— Rien de spécial.

Mon père n'insiste pas. Voilà le problème dans cette maison. La plus petite question est balayée sous le tapis. Chez nous, le non-dit règne en roi.

À huit heures pile, j'arrive chez Samuel, qui a encore les plis de sa taie d'oreiller imprimés sur la joue.

— Ne fais pas de bruit, mes parents dorment,
chuchote-t-il.

On espionne la maison de la voisine par la fenêtre du
sous-sol. À huit heures et demie, la mairesse part en
voiture pour aller donner son cours de taï chi. Dès
qu'elle a tourné le coin, on se précipite chez elle.

Comme Sam l'avait prévu, la mairesse a laissé son
youyou dans la véranda. Et la porte n'est même pas
verrouillée ! Georges picore sagement une banane
dans sa cage. Samuel fait le guet pendant que je jette
une serviette de plage par-dessus la cage.

L'arrière de la maison de la Tartatcheff donne
directement sur une petite forêt. On retourne chez
moi par ce boisé plutôt que par la route. Durant tout
le trajet, qui dure une vingtaine de minutes, Georges
reste silencieux. Opération Kidnapping réussie ! Fiou !

J'installe la cage du youyou dans la vieille remise au
fond de notre jardin. Une cachette idéale, car, depuis

que mon père a bâti son nouvel atelier, il ne met plus les pieds là. Le vulgaire poulet peut faire son grabuge, la remise est assez loin pour que personne ne l'entende.

Dès que Sam enlève la serviette qui recouvre la cage, Georges se met à hurler :
— Corrrnichon… Corrrnichon !

Samuel s'accroupit devant la cage et articule :
— La mairesse a des grosses fesses…
— CorrrrnichON… Corrrnichon, répète Georges.
— Pourquoi tu lui apprends des insultes débiles ?
— Et la mairesse, tu trouves ça beau, ce qu'elle a montré à son youyou ? Crétin ! Tête de céleri ! C'est gentil, ça ?

Hum. Il a raison. Thérèse Tartatcheff a un sens de l'humour un peu tordu. Peut-être qu'elle mérite une leçon. Je m'approche de Georges et répète, plus fort et plus lentement :
— Mai-resse. Gros-ses fes-ses !
— CorrrrnichON… Corrrnichon, s'entête Georges.

Sam secoue la tête, découragé :

— Quel imbécile!

— Thomas? Thomas?

Cette voix nous fait sursauter comme deux lièvres effrayés.

— Oups… c'est Éliane Ladouceur.

— Vite! Cache le youyou! s'exclame Sam.

— Mais non, on peut lui faire confiance.

Mon ami me regarde comme si j'avais soudain une barbe rose au menton.

# Une bouchée d'index

À ses sourcils froncés et ses bras croisés, je vois bien qu'Élie pense que j'ai mal agi en kidnappant l'insupportable oiseau.

— S'il arrive quelque chose à ce youyou, vous n'êtes pas mieux que morts, déclare-t-elle.

— On le gardera juste deux jours. On le ramène à la
mairesse après, promis, juré, craché.

Sam examine Élie discrètement. Pour une fois, il
semble intimidé. Élie s'approche de la cage :
— Salut, joli Georges.
Tête penchée sur le côté, le youyou l'observe
avec intensité.
— Salut, joli Georges, répète Élie.
— Joli Georges, fait le youyou.

La tresse chocolat d'Élie lui descend jusque dans le
bas du dos. Je me demande si elle porte parfois ses
cheveux détachés, volant au vent comme dans les
annonces de shampoing. Elle parle doucement
au volatile :
— Tu es joli, Georges. Viens ici.
— Joli Georges, répète le youyou.

Avec des gestes lents, elle ouvre la cage de
l'oiseau, qui vient se percher sur son épaule. Élie le
caresse délicatement.

— Wow! Tu l'as, l'affaire, avec les youyous !
lance Samuel.

— As-tu des graines de tournesol ? me demande Élie.

— Je ne mange pas de bouffe de perroquet...

— Je t'en apporterai demain. En attendant, donne-lui
des fruits, dit-elle.

Je fais une grimace à l'oiseau, toujours perché sur
l'épaule d'Élie.

— Monsieur Georges veut-il une banane pourrie ?

— Crétin total ! réplique la bête impertinente.

— Cornichon toi-même, que je dis, en secouant mon
index devant lui.

D'un mouvement vif, le youyou allonge le cou et me
mord le doigt ! Aïe ! Le sang pisse partout. Élie remet
l'oiseau dans sa cage. Puis elle enveloppe mon doigt
dans le bas de mon t-shirt et serre très fort.

— Tu as dû lui faire peur. C'est pour ça qu'il t'a mordu,
explique-t-elle.

— Je vais le faire empailler, ce voyou de youyou.

— As-tu du peroxyde dans ta pharmacie?
demande Élie.

— Je vais aller voir pour toi, dit Samuel.

Lorsqu'il rapporte le peroxyde et des pansements, Élie désinfecte la morsure.

— Tu es habile avec tes deux mains! déclare Samuel.

Puis il rougit aussitôt. Je secoue la tête :

— Tu es vraiment le roi des niochons.

Élie lève sa fausse main dans les airs et agite les doigts en riant :

— L'avantage d'une main artificielle, c'est que le youyou peut me mordre et ça ne fera pas mal...

Vite, je dois trouver un autre sujet :

— Penses-tu que ce youyou pourrait avoir la rage?

— Aucune idée, répond Élie.

— Qu'est-ce que ça changerait? Tu es déjà fou, rigole Samuel.

Samuel : Plutôt jolie, la Élie…

Thomas : Niochon!

Samuel : Penses-tu qu'elle enlève
main artificielle pour dormir?

Thomas : Crétin total!

Samuel : Elle t'intéresse?

Thomas :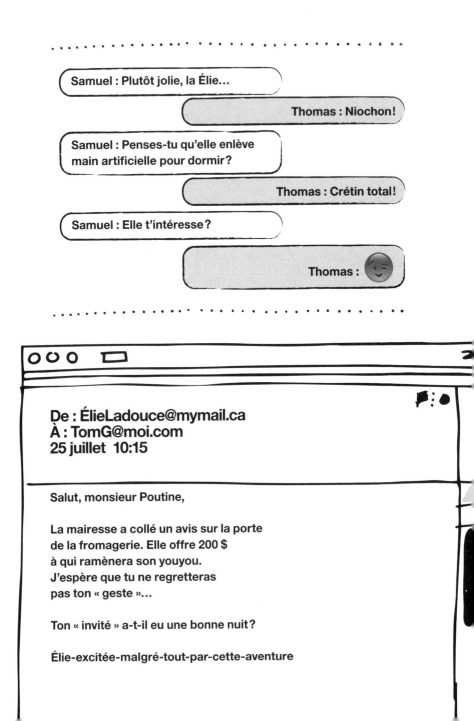

De : ÉlieLadouce@mymail.ca
À : TomG@moi.com
25 juillet  10:15

Salut, monsieur Poutine,

La mairesse a collé un avis sur la porte
de la fromagerie. Elle offre 200 $
à qui ramènera son youyou.
J'espère que tu ne regretteras
pas ton « geste »…

Ton « invité » a-t-il eu une bonne nuit?

Élie-excitée-malgré-tout-par-cette-aventure

**De : TomG@moi.com**
**À : ÉlieLadouce@mymail.ca**
**25 juillet 11:10**

Chère traductrice,

Mon « invité » crie un peu trop
et un peu trop fort.
J'ai hâte de le ramener chez lui.
Tu me l'apportes quand,
la « nourriture » promise ?

Thomas

# Réel
# ou
# inventé ?

Ma mère n'aimait pas la poutine de l'aréna. Elle appelait ça de la poutine de paresseux. Moi aussi, si on me donnait le choix, je voudrais de la poutine maison. Pas de frites congelées, mais des frites bien dorées, croustillantes à l'extérieur et tendres à l'intérieur. Un fromage frais du jour et non fondu. Pour arroser cette poutine idéale, il faut une sauce qui n'est ni trop salée ni trop sucrée.

Il me semble que ma mère me faisait de la poutine maison… Mais j'ai oublié tellement de choses sur elle que j'invente peut-être des histoires sans m'en rendre compte. Comme l'affaire des menottes. S'est-il vraiment passé quelque chose avec les menottes ou est-ce mon imagination surchauffée ? L'esprit réagit bizarrement quand il essaie de combler un vide…

# La gaffe de Samuel

Élie, Samuel et moi passons une partie de l'après-midi
dans la remise, à donner des graines de tournesol
au youyou et à essayer de lui faire dire de gros mots.
Mais Georges est aussi têtu que sa maîtresse et ne
veut pas répéter ce qu'on essaie de lui apprendre.
Il se contente de croasser « Crrrrrétin » ou, de temps
en temps « Joli Georges ».

Je rentre avec Élie dans la maison pour aller chercher
une collation. Je n'ai même pas le temps d'ouvrir
l'armoire que Samuel débarque dans la cuisine
en catastrophe.

— Viens vite !

— Quoi ?

— Le youyou ! ENVOLÉ !

— HEIN ?

Élie et moi nous précipitons dans la remise. En voyant la cage vide, je donne un coup de pied dans la porte.

— Pourquoi tu l'as laissé sortir ?

Penaud, Samuel dit :

— Je voulais imiter Élie et le poser sur mon épaule pour mieux le faire parler.

— Si on ne retrouve pas cet oiseau, je t'étripe.

— Il ne peut pas avoir volé très loin. Il n'a pas l'habitude d'être en liberté.

— Justement, il pourrait lui arriver n'importe quoi !

On fait le tour du terrain plusieurs fois en chuchotant :

— Georges ! Georges !

Nous ne voulons pas crier, de peur d'attirer l'attention de mon père qui travaille dans son atelier.

— On devrait aller voir du côté de la forêt, dit Élie.

# Le coût d'un youyou?

Dès que nous sommes prêts à partir en forêt, Samuel annonce :

— Il faut que j'y aille. Ma mère m'attend. J'ai un rendez-vous chez le dentiste.

— C'est ça, sauve-toi et laisse les autres réparer tes gaffes.

— Je peux revenir tantôt.

Personne ne lui répond.

— Allons-y, me lance Élie. Apporte la cage.

Cette fille pense à tout.

On concentre d'abord nos recherches à l'entrée du boisé. Pas le moindre indice. Pas la moindre plume de youyou.

— Il faut chercher plus loin dans la forêt, dit Élie.

Elle ouvre la voie et je la suis en portant la cage.

Elle crie doucement : « Georges ! Georges ! » Elle siffle.

J'ai chaud, j'ai soif, je commence à avoir faim et je suis tanné de chercher ce foutu youyou.

— On fait une pause ? suggère Élie.

Elle s'assoit sur un rocher et sort de son sac à dos deux bouteilles d'eau et deux barres granola. Cette fille pense vraiment à tout.

— Peut-être qu'il s'est envolé vers l'Afrique ?

Élie me regarde avec des points d'interrogation dans les yeux.

— Ben quoi, c'est un youyou du Sénégal.

— Très drôle… dit Élie sans rire.

— Combien de temps est-ce qu'un perroquet domestiqué peut survivre en liberté ?

— Aucune idée, répond Élie.

— Est-ce que ça coûte cher, un youyou ?

Elle me regarde comme si je venais de remporter le record de la déclaration la plus stupide du siècle.

— On voit que tu n'as jamais eu d'animal de
compagnie. On ne remplace pas un youyou
comme un grille-pain.

Je donne une pichenotte au perchoir dans la cage

du youyou. À ce moment précis, je serais ravi de
l'entendre me traiter de crétin total.

Élie me lance un gland de chêne.

— Hé, est-ce que j'ai droit à ma question indiscrète,
maintenant ?

Je hausse les épaules :

— Si ça t'amuse.

— Pourquoi c'est si important pour toi, ce record Guinness ?

Pour gagner du temps, je prends une longue gorgée d'eau. Comment expliquer ce qui ne s'explique pas ?

— Si je réussis à faire la plus grosse poutine du monde, à devenir un peu célèbre, peut-être que mon père s'intéressera à moi, peut-être que ma mère voudra me revoir…

— Tu crois que tu vas susciter l'admiration de ton père et que ta mère va réapparaître parce que tu es dans le *Livre des records Guinness* ?

— Quand j'étais petit, ma mère me faisait de la poutine maison. C'est stupide, mais j'ai l'impression qu'en faisant le PPP je me rapproche d'elle.

Élie tortille le bout de sa tresse :

— Non, pas stupide. Avec ton PPP, c'est comme si tu lançais une bouteille à la mer, avec un message pour ta mère.

Cette idée de bouteille à la mer me paraît désespérée et irréaliste. Je ne suis ni l'un ni l'autre. Je lance un gland de chêne à Élie, qui sourit et dit :

— Tu peux me poser une question indiscrète si tu veux.

— Il est où, ton père ?

— Mort. Quand j'étais bébé…

Elle me regarde avec un air provocateur :

— J'étais certaine que tu allais me poser une question sur ma main.

Puisqu'elle me tend une perche, j'en profite.

— OK. J'ai une question sur ta main. L'enlèves-tu pour dormir ?

Elle éclate de rire et répond :

— Bien sûr. Chaque soir, je mets ma main artificielle dans le lave-vaisselle.

# Panique en forêt

On tourne en rond dans le boisé depuis près d'une heure. Toujours pas de youyou en vue. J'en ai assez de porter la cage.

— Crois-tu qu'il pourrait être retourné chez la Tartatcheff?

— C'est un youyou, pas un pigeon voyageur, répond Élie.

Son ton brusque trahit sa fatigue.

— Allons voir, dit-elle.

Il nous faut une dizaine de minutes pour arriver chez Thérèse Tartatcheff. Cachés derrière un bosquet, on observe la mairesse assise dans sa véranda. Aucun signe de son youyou.

— Elle a l'air tellement triste, chuchote Élie. Il faut absolument lui ramener son Georges.

Elle repart vers le boisé, en écartant brusquement les branches qui bloquent son passage. Je la laisse me devancer de quelques mètres. Tout à coup, je la vois se mettre à sautiller et à crier.

En courant vers elle, j'aperçois quelques guêpes. Élie a dû déranger un nid. Avec des mouvements lents pour ne pas exciter les guêpes davantage, j'entraîne Élie un peu plus loin et je la fais asseoir. Elle pousse des gémissements de douleur. Il y a déjà deux plaques rouges sur ses bras.

— Je n'ai pas mon EpiPen.

— Ton quoi?

— EpiPen, mon médicament. Je suis allergique aux guêpes.

Ouille. Il faut sortir d'ici au plus vite. Je l'aide à se relever, mais elle chancelle. Je vois dans ses yeux qu'elle a peur.

— Thomas, ma langue devient épaisse. J'ai de la difficulté à respirer.

Ses lèvres semblent enflées. La panique me gagne.

— Appelle ma mère…

Je sors mon cellulaire.

— Ah non!

— Quoi? demande Élie d'une voix faible.

— La pile est morte.

Elle se laisse tomber au beau milieu du sentier. Des larmes roulent sur ses joues.

— Peux pas… marcher. Va chez la mairesse. Plus proche. Appelle l'ambulance.

— Tu ne vas pas mourir?

Question stupide. Le youyou a raison : je suis un crétin total.

— Vite! chuchote Élie.

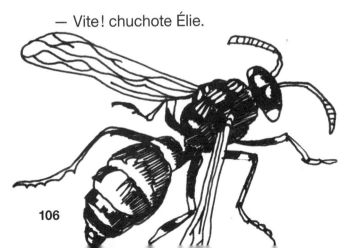

# Des biceps d'haltérophile

La mairesse n'est plus dans la véranda. J'appuie sur le bouton de la sonnette, deux fois, trois fois. Je cogne dans la porte à grands coups de poing. Lorsque la Tartatcheff arrive enfin, je crie :

— Vite! Appelez l'ambulance!

La mairesse pose sa main sur mon épaule :

— Calme-toi. Explique-moi ce qui se passe.

— Élie Ladouceur. Piquée par des guêpes... Réaction allergique. Difficulté à respirer...

La mairesse sort son téléphone de sa poche, compose le 911 et aboie ses ordres :

— Une ambulance au 52, rue de la Forêt, trois kilomètres au sud de Sainte-Alphonsine.

Puis elle raccroche :

— Allons-y.

Pour une femme aussi grande et aussi costaude, elle court vite. On retrouve Élie assise au milieu du sentier, là où je l'ai laissée il y a quelques minutes. Elle semble encore plus faible. La mairesse se penche, touche son front, ses bras.

Élie a les yeux fermés. Sa tête paraît trop lourde pour son cou. La mairesse soulève Élie et repart vers chez elle. Moi qui me suis toujours moqué de son air de bûcheronne, je trouve maintenant ses biceps d'haltérophile fort utiles.

La mairesse marche rapidement. La tête d'Élie roule dans le vide. J'entends la sirène de l'ambulance. Élie ne réagit pas.

Quand on arrive chez la mairesse, les ambulanciers ont déjà sorti la civière. La Tartatcheff y dépose Élie. Un ambulancier prend son pouls, l'autre lui met un masque à oxygène. Je hurle :

— EtiPen! EtiPen!

Les hommes me jettent un regard interrogateur.

Je me tourne vers la mairesse :

— Votre cellulaire! Vite!

Elle me tend son téléphone et je compose le numéro d'Irène Ladouceur. Lorsqu'elle répond, je passe le cellulaire à l'ambulancier. Je n'entends pas ce qu'ils se disent, mais l'ambulancier crie à son collègue :

— Épinéphrine!

L'autre s'active immédiatement.

Je prends la main d'Élie. C'est sa fausse main, mais je m'en fous. Je ne veux pas la lâcher. Je dis aux ambulanciers, d'une voix tremblante :

— Je vais avec elle.

— Impossible. Si son cas s'aggrave, on a besoin de place pour manœuvrer.

— S'il vous plaît. Laissez-moi monter.

— Désolé, dit l'ambulancier.

La Tartatcheff tire sur mon t-shirt.

— Viens, gamin. On va aller ensemble à l'hôpital.

# Pleurer et rire en même temps

Ça sent la banane trop mûre dans l'auto de la Tartatcheff. Une pile d'avis de recherche, avec une photo en gros plan du youyou, encombre le siège du passager. La mairesse pose les photocopies sur la banquette arrière et m'explique, l'air accablé :

— Mon Georges a disparu hier matin. Il faut absolument que je le retrouve. Je n'en dors plus. Cet oiseau-là, c'est ma famille.

Mon cœur se met à battre au grand galop. Je baisse les yeux, de peur que la mairesse voie ma culpabilité.

— Désolé pour votre youyou.

C'est la première chose vraiment sincère que je dis à la Tartatcheff, mais elle ne le sait pas.

À l'hôpital de Granby, une infirmière nous annonce que le médecin s'occupe déjà d'Élie. Elle nous envoie dans la salle d'attente. Cinq minutes plus tard, Irène Ladouceur arrive en coup de vent et se précipite vers l'une des salles d'examen. La mairesse tourne comme une lionne en cage.

— Je ne peux pas rester longtemps. J'ai des dossiers à préparer pour demain, dit-elle.

— Est-ce que je peux emprunter votre téléphone?

Je m'éloigne dans le corridor pour appeler à la maison. Bien sûr, mon père ne répond pas. Il doit être dans son atelier, à bichonner son foutu voilier. Je rends son cellulaire à Thérèse Tartatcheff.

— Merci. Mon père va venir me chercher.

Heureusement, la mairesse ne remarque pas que je mens. De toute façon, je ne quitterai pas l'hôpital avant de savoir comment va Élie.

La mairesse me tend sa carte :
— Tu m'appelleras pour me donner des nouvelles de la petite.
— Oui, madame. Merci. Merci pour tout.

Mais elle m'a déjà tourné le dos, pressée de partir.
— Madame Tartatcheff!

Je la rejoins au bout du corridor.
— Euh… je suis vraiment désolé pour votre youyou.

Elle passe sa main dans sa tignasse rousse et me dit d'un ton féroce :
— Je vais retrouver mon Georges! Il le faut!

Je retourne dans la salle d'attente. Je patiente et je m'impatiente. Je me ronge les ongles. Une heure plus tard, Irène Ladouceur finit par sortir dans le couloir.

Je cours vers elle. En me voyant, elle se met à pleurer et à rire en même temps. Elle me serre dans ses bras. Elle sent le cheddar orange.

— Élie va mieux. Ça aurait pu être très grave. Le médecin préfère la garder en observation cette nuit. Je vais rester avec elle.

Je me retiens pour ne pas danser. Pour ne pas chanter. J'ai envie d'embrasser l'infirmière aux cheveux blancs. Et la réceptionniste avec ses grosses lunettes carrées. J'ai envie d'embrasser la machine à café!

# Une note rose bonbon

J'ai utilisé trois fois le téléphone de la réceptionniste pour appeler mon père. Il ne répond toujours pas. Je suis crevé, je meurs de faim et ça me prendrait une partie de la soirée pour rentrer chez nous à pied. Je me décide finalement à appeler chez Samuel. Je suis soulagé d'entendre la voix de Léa. Pas besoin de longues explications avec elle.

— Ne bouge pas, j'arrive, dit-elle.

Moins d'une demi-heure plus tard, la mère de Samuel arrive à l'hôpital. Je m'écrase avec soulagement sur le siège du passager. Il ne me reste plus une goutte d'énergie.

Léa me tend un sandwich au jambon et une bouteille de jus de raisin.

— Mange. Après, tu me raconteras tout.

J'en suis à ma deuxième moitié de sandwich lorsque mon regard tombe sur une note rose bonbon, collée sur le tableau de bord de l'auto. Je reconnais l'écriture de Léa :

lait au chocolat
farine
moutarde

Mon cœur se met à battre à toute vitesse. Cette couleur me rappelle… me rappelle… Rose bonbon! En un éclair, je comprends. J'ouvre la fenêtre et je jette le reste du sandwich dehors.

— Hé! proteste Léa.

Je me tourne vers elle :

— Les enveloppes, à ma fête, c'est toi, hein? C'est toi qui les mets dans ma boîte aux lettres?

Je ne devrais pas crier, mais je n'arrive pas à contenir cette rage qui monte en moi. Léa se dirige vers l'accotement et arrête la voiture. Je crie encore :

— Pourquoi tu te fais passer pour ma mère ?

— Calme-toi, Thomas.

— Tu te prends pour la fée des étoiles ? Un p'tit cadeau pour le pauvre Thomas... Ta pitié m'écœure !

Léa pose sa main sur mon épaule, mais je la repousse vivement.

— Thomas, c'est vraiment ta mère qui envoie l'argent. Et les messages aussi. Sauf le dernier, sur le papier rose. C'est moi qui l'ai ajouté.

— Pourquoi elle ne les poste pas elle-même, ses lettres stupides ?

— Elle ne voulait pas que tu puisses la retracer.

— Pourquoi ?

— Thomas, je ne peux pas t'expliquer.

— Je veux savoir.

— Je sais. Tu as le droit de savoir. Mais c'est ton père qui doit te raconter.

— Il ne veut PAS ! Il s'en fout !

Léa pose son front sur le volant.

— Il ne s'en fout pas. Il a mal. Demande-lui de
t'expliquer. S'il refuse, je vais le faire. D'accord?

Elle redémarre. Le reste du trajet se déroule en
silence. Rendu à la maison, je me tourne vers Léa :

— Dis-moi seulement une chose. Les menottes.
Est-ce qu'on a déjà mis des menottes à ma mère?

Léa ne dit rien. Elle n'a pas besoin de parler. Son air
peiné me donne la réponse.

# Menottée
# pour agressivité

Je me précipite dans l'atelier, où je trouve mon père
déjà endormi dans son voilier. De le voir dormir
comme ça, paisiblement, attise ma colère. Pendant
que je suis à l'hôpital après avoir sauvé Élie, monsieur
ronfle. Je l'appelle cinq mille fois de l'hôpital, mais
monsieur roupille au lieu de répondre. Il devrait détenir

le record du père le plus inutile du monde. Jamais là quand j'ai besoin de lui.

Je ramasse un morceau de bois et le laisse tomber sur le plancher. Mon père se réveille en sursaut. Je lui lance ma question en plein visage :
— Pourquoi on a mis des menottes à ma mère ?

Mon père blêmit. Ses épaules s'affaissent, comme s'il venait de voir un fantôme.
— Qui te l'a dit ?
— Léa Bernier.
— De quoi elle se mêle ?
— En fait, Léa ne veut pas s'en mêler. Elle dit que c'est à toi de m'expliquer.

Mon père se lève et descend de son voilier. Je le suis jusque dans la maison.
— Explique-moi.

Il secoue la tête.
— Tu ne veux pas savoir.

— Ça fait des années que tu me caches la vérité.
J'ai quatorze ans, je ne suis plus un bébé.
JE. VEUX. SAVOIR.

Mon père se verse un verre d'eau. Il boit lentement,
pour gagner du temps. J'agrippe un dossier de chaise
pour ne pas trembler. Mon père s'assoit à la table.
Sans me regarder, il dit d'un ton neutre :
— Ta mère buvait trop. Depuis longtemps. Elle
prenait aussi des médicaments pour soigner une
dépression. Quand tu avais quatre ans, elle a
conduit jusqu'au centre commercial, soûle. C'était
l'été, il faisait très chaud... Elle t'a oublié dans l'auto,
avec les portes verrouillées.

Il se frotte les yeux avec les poings, comme pour
effacer ce souvenir.
— Et après ?
— Un passant a appelé les policiers. Ils ont forcé
une porte pour te sortir de l'auto. On ne sait pas
combien de temps tu as passé dans la voiture,
mais tu étais déshydraté.

— Et les menottes?

— Ta mère est revenue à la voiture au moment où les policiers t'emmenaient. Elle a piqué une crise, voulait absolument te ramener à la maison. Comme elle était agressive, les policiers ont été obligés de la menotter.

Silence dans la cuisine. Je ne tremble plus. Je m'assois, assommé.

— Et après?

— Ta mère a été accusée de conduite en état d'ébriété et de négligence criminelle. Ce n'était pas la première fois qu'elle était reconnue coupable de conduite avec facultés affaiblies. À cause de ses antécédents, le juge a été sévère : ta mère a été envoyée en prison quelques mois.

— Continue.

— À sa sortie de prison, elle est revenue à Sainte-Alphonsine, quelques semaines à peine. Elle n'a pas voulu rester.

— Pourquoi?

— La honte. Elle avait honte de se montrer au village. Honte d'être une mauvaise mère. Honte à cause de l'alcool. Elle a recommencé à boire. Elle est partie le soir de tes cinq ans.

— Elle habite où ?

— À Montréal.

— Elle fait quoi, là-bas ?

— Rien. Elle boit.

— Pourquoi elle ne veut pas me voir ?

— Thomas, faut-il que je te fasse un dessin ? Ta mère est une alcoolique. Elle détruit tout ce qu'elle touche.

J'ai gardé la question brutale pour la fin. Je vais peut-être déclencher un volcan. Tant pis. JE. VEUX. SAVOIR.

— Pourquoi tu la détestes tant ?

Mon père rougit, plisse ses yeux, ses joues, tout son visage. Mais il retient ses larmes et lâche sa réponse sur un ton glacial :

— Parce qu'elle nous a abandonnés.

# Un croassement dans la nuit

Les coudes sur la table, mon père appuie la tête dans ses mains. Avant, il était incapable de me dire la vérité déprimante et humiliante. Maintenant que je connais la vérité déprimante et humiliante, il est incapable de me consoler.

La colère qui bouillonnait dans mes tripes disparaît d'un coup. Je monte dans ma chambre. Me laisse tomber sur mon lit, sans me déchausser. Des images tourbillonnent dans ma tête. Un bambin enfermé dans une voiture. Avec le soleil qui tape fort. La chaleur. Intense. L'enfant a-t-il peur? Pleure-t-il? Je ne sais pas. Je ne me souviens de rien.

Je voudrais éteindre mon cerveau, arrêter la machine à pensées. Impossible. Après une heure à tourner dans mon lit, mes draps sont poisseux.

Je me lève et sors la vieille boîte à souliers du placard. Dans le corridor, je remarque le rayon de lumière sous la porte de chambre de mon père. Est-ce un bruit de sanglots que j'entends ? Le volcan réagit à retardement… Je m'en fous.

La lune, très ronde et très blonde, éclaire parfaitement la pelouse derrière la maison. L'herbe rafraîchit mes pieds nus. Je soulève le couvercle de la poubelle et j'y jette la boîte de carton avec les cinq chandelles vert sapin. Je ne pleure pas. Pas de volcan en moi. Il n'y a plus de rage, plus de tristesse. Juste RIEN. Me voilà transformé en zombie. Je suis absent. Même le vide-brutal-qui fait-mal a disparu.

Soudain, un croassement me fait sursauter :
— Crrrrétin ! Crrrrrétin total !

À quelques pas de moi, perché dans le pommier, le youyou de Thérèse Tartatcheff secoue ses plumes.

# Envie
# de rien

Le lendemain, à mon réveil, j'éprouve la même sensation de vide que la veille, quand je me suis endormi. J'ai l'esprit éteint. J'ai le corps lourd et mou. Envie de rien. Dégoût de tout.

Je me traîne jusqu'au téléphone et j'appelle Irène Ladouceur.

— C'est Thomas Gagné.

— Salut, Thomas Gagné.

— Euh… Élie ?

— Tout va bien. Elle sort de l'hôpital ce matin.

— Pouvez-vous lui faire un message de ma part ? Dites-lui que j'ai trouvé ce que j'avais perdu. Tout est rentré dans l'ordre.

— Je lui ferai le message. Vas-tu venir la voir cet après-midi à la maison ? demande Irène Ladouceur.

J'ai dit oui, mais je n'irai pas. Je ne veux voir personne.
Je veux me transformer en tortue et disparaître sous
ma carapace.

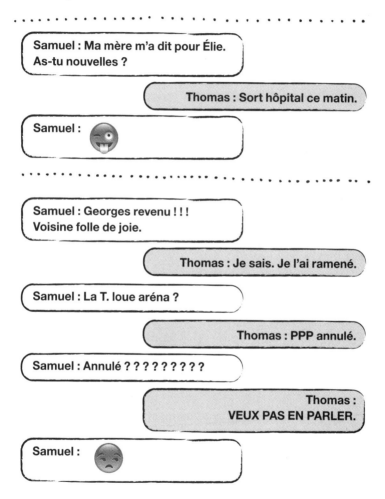

Samuel : Ma mère m'a dit pour Élie.
As-tu nouvelles ?

Thomas : Sort hôpital ce matin.

Samuel :

Samuel : Georges revenu ! ! !
Voisine folle de joie.

Thomas : Je sais. Je l'ai ramené.

Samuel : La T. loue aréna ?

Thomas : PPP annulé.

Samuel : Annulé ? ? ? ? ? ? ? ? ?

Thomas :
VEUX PAS EN PARLER.

Samuel :

# Une momie
# au lit

Le texto de Sam me rappelle ma promesse à la
mairesse. Je prends sa carte dans ma poche et
je lui téléphone.

— Allô! Allô! répond-elle d'une voix joyeuse.

— C'est Thomas Gagné.

— Ah oui, le beau Thomas qui court dans les bois!
me taquine-t-elle.

La mairesse qui m'appelle « le beau Thomas »?

— Élie Ladouceur sort de l'hôpital ce matin.

— Formidable! Tout va bien! Thomas, j'ai retrouvé mon
youyou! Mon Georges est revenu! La vie est belle!

Thérèse Tartatcheff parle tellement fort que ça me
donne mal à la tête. Son bonheur me donne mal
au cœur.

— Je suis content pour vous.

Dès que je raccroche, le téléphone sonne. Puis mon cellulaire se met aussi à sonner. Je ne réponds pas. Ça sonne toujours. Têtu, ce Samuel. Je débranche le téléphone et j'éteins mon cellulaire. Roulé dans mon drap comme une momie, je fais le mort. Je voudrais être une vraie momie, dans un vrai sarcophage. Avec le vide total en dedans et le noir total en dehors.

Plus tard, ça sonne à la porte. À répétition. Têtu de Samuel. Je fais encore le mort.

J'ai dû finir par m'endormir, car mon père me réveille à son retour de la boulangerie. Il me regarde d'un air inquiet.

— Qu'est-ce que tu fais au lit à deux heures de l'après-midi ?

— …

— Es-tu malade ?

— Non.

— Samuel est ici.

— Je ne veux voir personne.

Mon père reste planté au milieu de la chambre, aussi affectueux qu'un bloc de béton. Il demande finalement, presque à contrecœur...

— C'est à cause d'hier soir ?

— Dis à Samuel que je suis malade.

Mon père sort sans rien ajouter. Deux minutes plus tard, Samuel monte les marches en courant. En plus d'être indifférent et inutile, mon père est un traître.

# Toujours aussi zombie

Debout au pied de mon lit, Samuel m'examine d'un air inquiet.

— Qu'est-ce qui se passe ?

Je tire le drap par-dessus ma tête.

— Fatigué.

— Pourquoi tu ne réponds pas au téléphone ni
   à la porte ?

— Fa-ti-gué. J'ai veillé tard, à cause d'un niochon qui a laissé s'échapper le poulet impoli de la mairesse.

Samuel se balance d'un pied à l'autre.

— Comment tu l'as retrouvé, ce satané youyou ?

— Il est revenu de lui-même, en soirée. Comme la cage était restée dans la forêt et que je n'allais pas y retourner en pleine nuit, j'ai pris une grande boîte de carton dans la remise. J'ai réussi à mettre le perroquet dedans sans qu'il m'arrache un doigt. J'ai laissé Georges dans la véranda de la Tartatcheff en m'assurant de bien refermer la porte.

Samuel me regarde, incrédule.

— Tu devais te présenter comme le sauveur du youyou pour que la mairesse te loue l'aréna pour le PPP. Et tu ne lui as même pas dit que tu avais trouvé son Georges ? Je ne comprends plus rien.

— C'est fini, le PPP. J'abandonne.

Je vois bien que mon ami fait des efforts immenses pour ne pas se fâcher. Sa frustration ne me touche pas. Je suis au neutre. Il ne dit pas un mot sur ma mère. J'en déduis que Léa Bernier ne lui a pas parlé de notre conversation.

— Et notre photo dans le *Livre des records Guinness*?

— Je m'en fous, de ta foutue photo!

— Et l'équipe de soccer? Et tes commanditaires? Tu vas dire quoi à tout ce monde-là?

— Je m'en fous. C'est fini. FINI!

Samuel lève les deux mains.

— Je ne sais pas c'est quoi, ton problème. Je vais revenir quand tu seras parlable. Mais je t'avertis, Thomas Gagné, le PPP n'est pas terminé.

Il sort en claquant la porte. Je ne sursaute même pas. Je suis toujours aussi zombie. Toujours aussi vide.

De : ÉlieLadouce@mymail.ca
À : TomG@moi.com
26 juillet  16:37

Cher monsieur Poutine,

Ma mère m'a dit que tu avais retrouvé
le tu-sais-quoi. Je suis très, très, très contente.

Mais, mais, mais je suis pas mal moins contente
d'apprendre que tu annules le PPP!

# Dis-moi que ce n'est pas vrai!

J'ai passé des heures à traduire
ta paperasse du Guinness.
Je me suis fait piquer par des guêpes
à cause de ton plan stupide de kidnapping
de tu-sais-quoi.

## Après tout ça,
# tu ne peux PAS annuler.

Élie-frustrée

De : TomG@moi.com
À : ÉlieLadouce@mymail.ca
26 juillet  19:05

Ma mère m'a oublié dans une voiture en plein été.
Les policiers l'ont menottée.
Ma mère a fait de la prison.
Ma mère a quitté Sainte-Alphonsine
parce qu'elle préférait la vodka à son fils.
C'est mieux d'avoir un père mort
qu'une mère alcoolique.

Je ne suis plus monsieur Poutine.

Ça me donne quoi de me démener
pour établir un record Guinness?
Ça n'intéressera pas mes parents.


Et puis je n'ai plus **AUCUNE** envie que ma mère
soit fière de moi quand, moi, j'ai si honte d'elle.

T.

De : ÉlieLadouce@mymail.ca
À : TomG@moi.com
26 juillet  20:11

Thomas,

Je peux m'imaginer comment tu te sens.
En fait, non, je ne peux pas m'imaginer
comment tu te sens.

Désolée.
Vraiment, vraiment désolée.


...


Élie-qui-voudrait-savoir-quoi-dire-pour-te-consoler

# De la vaisselle propre

Deux jours après m'avoir avoué qu'elle est en contact avec ma mère, Léa Bernier sonne à la porte. Samuel a dû lui dire que je ne réponds plus à ses appels ni à ses textos. Il n'est même pas huit heures, je n'ai pas déjeuné et je n'ai envie de parler à personne. Et mon père qui n'est même pas là pour m'inventer une excuse ! Je cours me cacher dans ma chambre. J'entends la mère de Samuel entrer dans la maison.

— Thomas ? Thomas ?

Je ne réponds pas. J'attends. Je l'entends faire couler l'eau dans l'évier de la cuisine. Elle fait la vaisselle ! Comme Léa peut se montrer aussi têtue que sa voisine Tartatcheff, je décide de descendre. En me voyant, la mère de Samuel me tend ses mains couvertes de mousse. Je recule. Mon zombie ne veut pas se faire toucher. Elle demande doucement :

— Ton père t'a tout raconté?

— Oui.

— Veux-tu qu'on en parle?

— Non.

Elle tord le linge à vaisselle. Je sens son malaise, mais je m'en fous.

— Thomas, l'alcoolisme est une maladie. Ta mère est très malade.

— Je m'en fous.

Comme si elle ne m'avait pas entendu, Léa continue :

— Je n'ai pas beaucoup parlé à ta mère, ces dernières années. Elle refuse mon aide. Tout ce qu'elle me demande, c'est de te remettre l'argent et son message, à ton anniversaire.

— Arrête. Je ne veux pas savoir.

— D'accord. J'arrête. Mais avant, un dernier truc. Quand ta mère a quitté Sainte-Alphonsine, elle m'a dit une chose que je veux te répéter aujourd'hui. Elle m'a dit : « J'aime mon fils. Je l'aime tellement que je vais sortir de sa vie. »

Elle attend une réponse. Je réagis par un silence expressif. Va-t-elle comprendre que je veux qu'elle parte?

— Bon… Je vais te laisser, maintenant…

— …

Elle fait un pas vers moi.

— Aimerais-tu une prise de l'ours?

Je recule.

— Non!

Léa a l'air triste. « Elle n'avait qu'à se mêler de ses affaires », me souffle mon zombie. La mère de Samuel repart en fermant doucement la porte. Sur le comptoir, la vaisselle qu'elle a lavée sèche sagement. Je n'ai même pas envie de casser une assiette. Je n'ai envie de rien.

Samuel : Est-ce qu'on peut parler du PPP ?

Thomas : PPP annulé. Fini.

Samuel : ? ? ? ? ? ? ? ?

Thomas : Tu aurais pu me dire que ma mère était alcoolique.

Samuel : De quoi tu parles ? ? ? ?

Samuel : Je peux venir te voir ?

Samuel : Thomas ! ! ! Réponds-moi !

Samuel : Pourquoi tu réponds pas ?

# Couic-couic ou scouiche-scouiche ?

J'éteins mon cellulaire, je débranche le téléphone et je retourne au lit. Mon père travaille à la boulangerie. Personne pour me dire de manger. De respirer. Personne pour me dire comment faire pour ne plus me sentir vide en dedans.

Vers quinze heures, des voix me réveillent. Elles proviennent de la cuisine. Je reconnais la voix de mon père, mais pas celle de la femme. Je descends les trois premières marches de l'escalier et j'aperçois alors le dessus de leurs têtes : les cheveux poivre et sel de mon père et ses cheveux à elle, couleur chocolat. Mon père met le pied sur la première marche et lève la tête vers moi :
— Thomas, tu as de la visite.

Quand je les rejoins dans la cuisine, mon père me jette un regard étrange. Je n'arrive pas à savoir s'il est fâché, étonné ou déçu. Je me demande si Irène Ladouceur lui a tout dit.

— Je vous laisse discuter, murmure-t-il avant de se sauver dans son atelier.

Irène Ladouceur me sourit :
— Salut, Thomas.

À son sourire, mélange d'inquiétude et de pitié, je sais qu'Élie lui a tout raconté. Elle me tend un sac de fromage en grains.

— Collation pour toi.

— Merci.

— Je peux m'asseoir ? J'en ai pour cinq minutes.

Je la fais passer au salon. Elle s'assoit sur le sofa et moi, sur une chaise, le plus loin possible. « Ne la laisse pas s'approcher de toi », chuchote mon zombie.

— Vous avez tout répété à mon père ?

— Pas tout. La poutine, oui ; le kidnapping, non. Je ne viens pas pour parler du passé, mais de l'avenir.

— ...

— Élie m'a expliqué que la mairesse refuse de te louer l'aréna pour ton record Guinness. J'ai une idée pour régler ton problème. Dans deux semaines, c'est l'Internationale de Granby, le festival de voitures anciennes. Tu pourrais louer un chapiteau de six mètres sur douze, une grande tente qui peut accommoder cent vingt personnes debout. Tu pourrais y installer tes réchauds et y servir ta poutine géante.

— Je n'ai pas assez d'argent pour louer un chapiteau...

— J'en ai parlé à Gaston, le propriétaire de Patatipatate. Il accepte de fournir la moitié des frais de location du chapiteau. Moi, j'offre de fournir 25 %. Comme les médias seront présents, on va mettre ça dans notre budget publicité. Tu pourras fournir la différence avec l'argent que tu as amassé.

— ...

— Ce festival, c'est l'événement idéal pour ton PPP. Tous les journalistes se déplacent à cette occasion, donc ce sera facile de les inviter à venir voir la poutine géante. Et on attend plus de 25 000 visiteurs! Des gens en masse pour manger tes 650 kilos de poutine.

Je ne réagis pas. Mon zombie domine toujours.
— Alors? Ça te tente?
— Je l'ai dit à Élie et je vous le répète : je lâche le PPP. Je m'en fous, du record Guinness.

Irène Ladouceur ouvre le sac de fromage en grains, en prend un morceau et le mastique lentement.
— Tu entends ce couic-couic? Ça veut dire qu'il est vraiment frais.

Tout à coup, j'ai cinq ans. Les chandelles vert sapin illuminent la poutine. J'entends la voix de ma mère : « Si le fromage fait scouiche-scouiche quand tu le manges, c'est qu'il est frais. »

La phrase innocente d'Irène Ladouceur me frappe en plein plexus. Je bégaye :

— Ma... ma... ma mère dit... ma mère disait « scouiche-scouiche », pas « couic-couic »...

En disant « scouiche-scouiche », je laisse échapper un petit rire grinçant. Ce ricanement déclenche un tremblement à l'intérieur : dans mes tripes. Puis à l'extérieur : sur mes lèvres. J'agrippe les bras de ma chaise :

— J'ai tellement... honte de ma mère... mais j'ai tellement... envie... de la revoir.

Irène Ladouceur s'accroupit devant moi et me regarde intensément. Ses yeux ne sont pas du même bleu que ceux d'Élie.

— Même quand une mère fait des erreurs, même quand une mère est cabossée, délinquante, maganée ou malade, son enfant a le droit de l'aimer.

Un bruit sort de ma gorge, quelque chose entre le grognement et le gémissement. Mes épaules tressautent. Une coulée de lave salée m'inonde le visage. Un tsunami de larmes.

Irène Ladouceur m'entoure de ses deux bras. Elle ne me fait pas la prise de l'ours, mais me berce doucement. Elle sent toujours le cheddar orange. J'espère qu'elle ne dira pas à Élie que j'ai mouillé sa blouse de larmes.

Bye-bye, zombie.
Pleurer fait mal.
Pas juste un peu.
Beaucoup.
Mais c'est mieux que de ne rien sentir du tout.

# C'est bon de se donner des défis

Après le départ d'Irène Ladouceur, je joue à *Angry Birds*. Une bonne façon de ne pas penser à sa proposition. Une heure plus tard, mon père monte à ma chambre et dépose devant moi un croque-monsieur tout chaud. Il s'assoit sur mon lit :

— Pourquoi tu ne m'as rien dit à propos de ton projet de record Guinness ?

Je hausse les épaules :

— Chacun ses secrets.

Il encaisse le coup, sans protester. Il sort de sa poche plusieurs billets de 50 $ et les pose sur mon bureau.

— Voici ma contribution pour la location du chapiteau.

— Trop tard. Je laisse tomber le PPP.

Mon père secoue la tête.

— C'est à cause de ta mère?

— …

Mon père se penche vers moi. Va-t-il me toucher? Non.

— N'abandonne pas ton projet, Thomas.

— Pourquoi?

— C'est bon de se donner des défis. D'avoir des rêves
à réaliser.

— …

— Si jamais tu changes d'idée, j'aimerais t'aider à
fabriquer la plus grosse poutine du monde, dit
mon père.

Sous l'effet de la surprise, je manque de tomber en
bas de ma chaise.

# Frites raidies

Je reprends ma partie d'*Angry Birds*. Pitonner, pitonner, pitonner… J'essaie d'éviter de penser, mais c'est de plus en plus difficile depuis que mon zombie m'a déserté. Une heure plus tard, la soif me force finalement à quitter mon ordi. Mon père a de nouveau disparu dans son atelier. Un sac brun trône sur la table de la cuisine, avec un papier rose bonbon collé dessus :

POUR LE GUINNESS, J'AI ENVIE DE TE DONNER UN COUP DE PIED AU DERRIÈRE ET DE TE DIRE

**«GO MAN».**

POUR TA MÈRE, SI ÇA PEUT T'AIDER,
JE SUIS PRÊT À TE FAIRE
LA PRISE DE L'OURS.
SAM.

Dans le sac, une poutine avec de la sauce figée sur des frites raidies.

· · · · · · · · · · · · · · · · · · · · · · · · · · · · · · · · · · · · · · ·

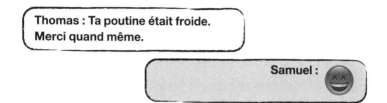

Thomas : Ta poutine était froide.
Merci quand même.

Samuel :

# Des déchets disparaissent

Je tourne et me retourne dans mon lit, comme une crêpe. Incapable de dormir. Je pense au nombre de personnes qui ont défilé chez moi depuis deux jours. Ça en fait des gens qui veulent m'aider : Sam, Léa, Élie, Irène, Gros Gaston. Même mon père. Est-ce que je peux tous les décevoir ?

Et puis j'aimerais bien prouver à tout le monde – surtout à Thérèse Tartatcheff – que je suis capable de la réaliser, cette poutine de 650 kilos… Et ce serait quand même excitant de me retrouver dans le *Livre des records Guinness*…

Je finis par sortir. J'enfile des gants de travail et j'ouvre la poubelle. J'ai beau remuer les déchets, aucun signe des chandelles vert sapin. Je tourne la poubelle à l'envers. Toujours pas le moindre bout de chandelle. Bizarre.

Cette nuit-là, je rêve à une poutine aussi haute que le mont Everest. Quand je me réveille le lendemain matin, ma décision est prise.

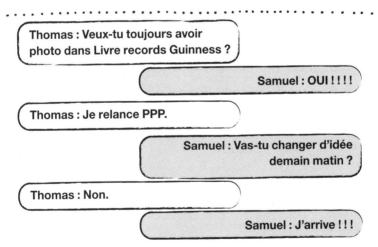

Thomas : Veux-tu toujours avoir photo dans Livre records Guinness ?

Samuel : OUI ! ! ! !

Thomas : Je relance PPP.

Samuel : Vas-tu changer d'idée demain matin ?

Thomas : Non.

Samuel : J'arrive ! ! !

**De :** TomG@moi.com
**À :** ÉlieLadouce@mymail.ca
31 juillet 9:51

OK, Élie, j'ai compris.
Comme je n'ai pas envie de vous avoir, toi, ta mère, Sam
et Gros Gaston sur le dos pour le restant de mes jours,
j'ai intérêt à la fabriquer, cette poutine géante.
Comme je ne veux pas qu'on me traite de lâcheur,
je vais finir ce que j'ai commencé.
Ça tombe bien, j'ai besoin d'action
pour chasser mes idées noires.

Si tu es libre aujourd'hui, viens chez moi.
On va planifier la suite du PPP.

**Monsieur Poutine**

**De :** ÉlieLadouce@mymail.ca
**À :** TomG@moi.com
31 juillet 10:36

Si tu changes encore d'idée pour le PPP,
je vais annoncer dans tout Sainte-Alphonsine
que tu as fait tomber ma main artificielle
dans une partie de tir au poignet.

À tantôt,
Élie-ravie

# SCÉNARIO POUR LA FABRICATION DE LA PLUS GROSSE POUTINE DU MONDE

## → VENDREDI 12 AOÛT ←

| TÂCHES | RESPONSABLES |
|---|---|
| ALLER À GRANBY CHERCHER LES RÉCHAUDS LOUÉS POUR LA SAUCE À POUTINE. MONTAGE DU CHAPITEAU. | GROS GASTON, IRÈNE LADOUCEUR, THOMAS, SAMUEL, ÉLIE, JEAN GAGNÉ |

## → DIMANCHE 14 AOÛT ←

| TÂCHES | RESPONSABLES |
|---|---|
| **9 H** MONTAGE DE L'ÉQUIPEMENT (table en tôle, réchauds pour les frites et pour la sauce, balance de boucher, ustensiles de cuisine, etc.) à Granby. | THOMAS, SAMUEL, ÉLIE, JEAN GAGNÉ ET LÉA BERNIER, ÉQUIPE DE SOCCER |
| **10 H** LES COMMANDITAIRES LIVRENT LE FROMAGE ET LES FRITES PRÉCUITES. | IRÈNE LADOUCEUR ET GROS GASTON |
| **10 H 40** PESÉE DE TOUS LES INGRÉDIENTS : FRITES, FROMAGE ET SAUCE. FILMER LA PESÉE. | THOMAS, SAMUEL ET ÉLIE, AVEC LE NOTAIRE COMME TÉMOIN. À LA CAMÉRA : JEAN GAGNÉ. |

| | |
|---|---|
| **11 H 15**<br>RÉCHAUFFER LA SAUCE BRUNE<br>ET LES FRITES PRÉCUITES. | GROS GASTON<br>ET LÉA BERNIER |
| **11 H 30**<br>MONTER LA POUTINE SUR LA GRANDE<br>TABLE EN TÔLE. ÉTALER LES FRITES, LE<br>FROMAGE ET LA SAUCE BRUNE SUR LE<br>TOUT. | THOMAS,<br>SAMUEL,<br>ÉLIE<br>ET IRÈNE LADOUCEUR |
| PRENDRE LA PHOTO OFFICIELLE<br>POUR LE LIVRE DES RECORDS<br>GUINNESS | JEAN GAGNÉ<br>NOTE : ESSAYER DE PRENDRE CETTE<br>PHOTO PENDANT QUE SAMUEL EST<br>OCCUPÉ AILLEURS. |
| **12 H**<br>COMMENCER À SERVIR LA POUTINE. | MEM<br>ET L |
| **DURANT LA JOURNÉE :**<br>FILMER LES PRÉPARATIFS ET L'ÉVÉNEMENT AU COMPLET, Y COMPRIS<br>LA FOULE QUI SE BOURRE DE POUTINE. PRENDRE TOUTES LES<br>PHOTOS NÉCESSAIRES POUR AUTHENTIFIER LE RECORD. | JEAN |
| **17 H**<br>NETTOYER LA MARQUISE ET LE<br>TERRAIN ET RAMASSER TOUTES LES<br>COCHONNERIES QUE LA FOULE AURA<br>LAISSÉ TRAÎNER. | SAMUEL. |

THOMAS GAGNÉ, MON POURRI, SI TU ME JOUES CE TOUR-LÀ, JE TE VERSE TES 650 KILOS DE POUTINE SUR LA TÊTE. SAM

THOMAS GAGNÉ, MON BON À RIEN, JE NE SUIS PAS UNE FEMME DE MÉNAGE!!!

Ça nous a pris deux heures, à Élie, Samuel et moi, pour préparer cette liste. J'espère que je n'ai rien oublié. Ça fait beaucoup de monde à gérer, beaucoup de choses auxquelles penser.

# Peu de mots, beaucoup de silences

— Papa ?
— Quoi ?
— Vas-tu lui pardonner un jour ?

Silence de trente secondes. Mon père secoue la tête :
— Je ne peux pas.
— Moi, j'ai déjà commencé à lui pardonner.

Silence de vingt-cinq secondes. Mon père, du bout des lèvres :
— J'imagine que c'est sans doute mieux comme ça…
Silence de trente secondes.

— Papa… j'aurais quand même envie de la revoir.

— Je sais.

Silence de cinquante secondes.

— Je peux ?

— Si tu veux. Et si elle veut aussi…

**OSTICS DE LA STATION Z**

pour aujourd'hui : variable, avec un vent
nord est. Généralement assez beau
égion. Température stationnaire

# L'EC
## DE L'EST

Un adolescent de Sainte-Alphonsine pourrait très bientôt se retrouver dans le *Livre des records Guinness* avec un record plutôt original, celui de la plus grosse poutine du monde : 650 kilos ! Hier, aidé de son équipe de soccer et d'une petite armée de bénévoles, Thomas Gagné, 14 ans, a servi de la poutine à plus de 950 personnes.

# LA PLUS
# POUTINE

# 650 KG

# GROSSE
# DU MONDE

deux commanditaires principaux
e l'événement étaient Gaston
Beaumont, propriétaire de
atipatate, qui a offert 300 kilos
frites, et la fromagerie Ladouceur,
a fourni gracieusement 150 kilos
fromage en grains. Le père du jeune
nomas a défrayé les coûts pour
sauce. Le tout s'est déroulé hier
ous un chapiteau, dans le cadre de
l'Internationale de Granby, la grande
exposition de voitures anciennes.

Un notaire de Sainte-Alphonsine
était sur place pour authentifier
le poids de la poutine. « Toute
l'opération a été exécutée dans les
normes exigées par Guinness »,
a indiqué le notaire.

Les documents dûment notariés
seront envoyés au bureau des records
Guinness en Angleterre. D'ici un mois,
le jeune Gagné saura s'il a établi
le nouveau record de la plus grosse
poutine du monde.

# Les questions d'Élie

La limonade est fraîche et le soleil nous réchauffe agréablement. On est bien, sur le perron d'Élie Ladouceur.

— Alors, monsieur Poutine, c'était quoi, ton moment préféré de la journée avec un grand J ? demande Élie.

— Je ne sais pas. Je suis juste soulagé d'avoir réussi à rassembler une équipe pour fabriquer et servir une poutine de 650 kilos, sans pépin, sans accident, sans grosse gaffe.

— Les frites auraient pu être plus chaudes...

— Ouais... Mais ce qui m'a énervé le plus, ce sont les niaiseux qui se bousculaient dans la file pour leur poutine gratuite. Et Samuel qui m'a demandé au moins dix mille fois quand on prendrait la photo officielle pour le *Livre des records Guinness*.

— Ouais, j'ai remarqué que tu étais pas mal nerveux, surtout devant les journalistes. Tu n'arrêtais pas de bafouiller en répondant à leurs questions.

— Vraiment ?

Élie me donne une tape sur l'épaule.

— Mais non, je te taquine, niochon. Hé, ton père est resté du début à la fin de la journée. Es-tu content ?

— Toi et tes questions indiscrètes…

Élie sourit.

— Oui, j'étais content que mon père soit là et filme tout ça. J'étais content aussi de voir les gars de l'équipe de soccer rigoler avec toi.

Élie rougit, puis s'empresse de changer de sujet :

— Moi, ce que je n'oublierai jamais, c'est quand Thérèse Tartatcheff s'est pointée, avec Georges sur son épaule. Et son youyou qui, en voyant Samuel, s'est mis à croasser, aussi clairement qu'un annonceur de radio : « Mairesse-grosses-fesses ! »

# Un nouveau projet

Ce matin, j'ai trouvé une enveloppe à mon nom sur la table de la cuisine. Dans l'enveloppe, il y avait les cinq chandelles vert sapin. Sur un bout de papier, mon père avait inscrit le nom de ma mère, avec une adresse et un numéro de téléphone à Montréal.

Maintenant que j'ai établi mon record Guinness, je suis prêt pour un nouveau défi.